VENT D'EST SUR ØLÉRON

ROMAN

www.labouinotte.fr

Collection Estran Noir

ISBN : 978-2-36975-238-7
Coordination éditoriale : Gilles Boizeau
Composition couverture : Isabelle Gaudin-Fomproix
Illustration couverture : Harmance Milhau
Composition : Aurélie Camarasa aurelie.camarasa@yahoo.fr

Remerciements de l'éditeur à Christian Pineau.

Pierre BELSŒUR

VENT D'EST SUR ØLÉRON

ROMAN

Éditions La Bouinotte
Châteauroux
2024

Du même auteur

Le bal des prétendants
Éditions La Bouinotte, 2014

Suzanne sans crier gare
Éditions La Bouinotte, coll. blackBerry, 2015

Avaricum Coke
Éditions La Bouinotte, coll. blackBerry, 2016

L'écume des vieux-fonds
Éditions La Bouinotte, coll. blackBerry, 2017

À corps et à cru
Éditions La Bouinotte, coll. blackBerry, 2019

Larmes de plomb
Éditions La Bouinotte, coll. blackBerry, 2021

À Annabelle, mon épouse et ma complice

I

Chaillevette, le 15 décembre 2022

Antoine a découvert « à la lampe » la cabane d'Alain Clair. L'ostréiculteur de Chaillevette vend ses huîtres en direct sur les marchés de l'Indre les week-ends de novembre et décembre. Des huîtres qu'il bichonne dans ses parcs de claires derrière sa cabane, campée au milieu d'un no man's land, en bordure d'un étroit chenal où sont amarrées les plates, autrement dit les bateaux à pont plat qui servent à travailler sur les champs ostréicoles. L'été les cabanes anciennes aux couleurs vives, conservées pour le plus grand plaisir des touristes qui parcourent la presqu'île d'Arvert, ne manquent pas de charme, mais là il fait nuit et la route cahotante est très mal éclairée.

Alain a « une gueule » comme on dit dans le monde de la photo et du cinéma. Taillée à la serpe, fouettée par les embruns, tannée par le soleil. Une chevelure brune, tout en vrac habille le crâne du marin, sous son bonnet de laine fatigué. Après la tronche, les mains témoignent d'une trentaine d'années passées à brasser les poches, nettoyer les coquilles et manier des éléments métalliques rongés par l'eau de mer. Des battoirs couturés, recouverts d'une corne brune.

Le bonhomme est aussi rêche que son profil. Sur le marché, ce n'est pas son boniment qui fidélise les clients, mais son parler vrai et la fraîcheur des huîtres qu'il achemine dans la nuit du vendredi.

Antoine Ambien a gagné au fil du temps la confiance de l'ostréiculteur. Le jeune journaliste « free-lance » planifie un papier abondamment illustré et une vidéo revigorante à vendre aux rédactions en mal de magazines d'avant réveillons.

Après quelques semaines d'approche et de discussions autour des deux douzaines de « n° 2 » hebdomadaires, le feu est passé au vert. « Si vous voulez m'accompagner sur le parc, soyez à sept heures à ma cabane, mardi prochain, à Chaillevette. Ma dernière sortie pour renforcer les stocks de fin d'année dans les bassins de claires. Après ils nous annoncent une tempête. »

Ne cherchez pas la poésie dans une cabane d'ostréiculteur une fin de nuit de décembre. Tout juste les casiers plastique donnent-ils une touche colorée au milieu du gris des tôles ondulées, de la trieuse, des outils teintés par la vase, du sol de ciment. Environnement terne, strictement utilitaire. Grisaille et humidité accueillent Antoine et il ne refuse pas une tasse du café que crachote la cafetière maniée de longue date par des mains de travailleuses. Janine justement, l'épouse d'Alain, se les réchauffe en serrant son mug ébréché qui célèbre le charme de la Côte Sauvage. Visage fatigué au milieu de boucles grises, elle porte la rudesse de sa condition.

Chef du bataillon de trieuses, elle demeure ouvrière de la mer, pataugeant dans l'eau salée qui asperge les coquilles avant qu'elles rejoignent les bourriches.

La pause-café est terminée, Antoine enfile ciré et bottes, agrippe le sac à dos qui renferme son matériel de reportage. Il naviguera à l'abri dans la petite cabine du chaland, auprès d'un méli-mélo de plastique : vieilles cagettes, bouées porte-fanions, lambeaux de film noir.

Alain pilote sa plate sans à-coups, dans le boyau boueux qui rejoint la Seudre.

« Normalement on devrait avoir beau. La météo annonce temps calme. Vous êtes un veinard, on passera six heures en mer, y'a des fois où avec le vent et la flotte, six heures, ça paraît très long. Là, on part pour une sortie plaisir. » Six heures ! Antoine réalise qu'il ne connaît rien du temps marin. S'embarquer sans casse-croûte lorsque l'on part en mer confine à la faute professionnelle. Pas sûr qu'Alain ait prévu transport et couvert. Antoine n'a même pas glissé une bouteille de reuilly blanc dans son sac pour inciter le patron de la « Clairette » – Alain ne s'est pas foulé pour donner un nom à sa plate – à ouvrir quelques huîtres à la fin de la récolte.

Les ombres fantasmagoriques des pontons, mini grues de déchargement, entassements de poches grillagées apparaissent dans le faisceau du projecteur. Lorsque les yeux se détachent du halo lumineux, le petit jour commence à révéler un paysage d'herbes hautes poussant en paquets sur les buttes qui cernent les bassins de claires.

En un peu moins de cinq-cents mètres la plate retrouve la Seudre, bras de mer qui s'enfonce jusqu'à

Saujon dans les marais en eau salée, avant de devenir fleuve côtier et d'aller se perdre en Saintonge, ou inversement qui naît en Saintonge pour aller se perdre dans l'océan. « On inspectera au retour les tubes d'éclosion des huîtres attachés aux berges. Depuis quelques années les larves, qui devraient être des milliers disparaissent et l'on retrouve parfois quelques individus par tube. Je ne sais pas ce que nous réserve l'avenir. »

L'avenir de cette journée apparaît radieux au fur et à mesure que la brume qui flottait sur la Seudre se dissipe. Un ciel bleu pâle surplombe le pont d'Oléron et le soleil commence à projeter une lumière rasante sur les marais. « Regardez, la mer enclenche la marche arrière, le courant est spectaculaire au pied des arches et il vaut mieux prendre ses distances. »

Le voyage se poursuit vers le Pertuis d'Antioche, le soleil, haut dans le ciel réchauffe les deux marins lorsque leur plate rejoint une douzaine d'embarcations stationnées en pleine mer, face au Château d'Oléron. « Nous sommes arrivés, commente Alain. En dessous de nous, à marée haute, dix mètres d'eau nous séparent du banc de sable de Lamouroux. Là dans une demi-heure, nous serons à sec. Ce serait le moment de sortir votre casse-croûte du sac. »

— J'avais complètement zappé cet aspect de l'excursion, avoue Antoine, penaud, heureusement j'ai toujours des barres et gels énergétiques dans mon sac.

Alain hoche la tête, sort de la cabine une boîte de pâté (désolé, la maison ne fait pas de placement de produits, vous ne connaîtrez pas la marque, mais sachez que vous ne perdez rien) et un bout de pain dont l'humidité n'a pas amélioré la consistance. Il étale la chose rose sur le pain éponge à l'aide du couteau à tout faire. Une gorgée d'eau minérale aidera à faire descendre la bouchée.

La prochaine fois qu'on me proposera la « gamelle du capitaine » dans un resto de port, s'auto immunise intérieurement Antoine, je réfléchirai.

Le temps d'achever le pseudo repas, le prodige effectivement se réalise. Du fond de l'océan des formes sombres montent vers eux. Là où le profane ne voyait que quelques bouées, les ostréiculteurs positionnaient leurs bateaux exactement entre deux rangées de tables leur appartenant. Le parc à huîtres couvre plusieurs hectares et pas question de l'arpenter dans la boue pour porter les poches d'huîtres jusqu'au pont de la plate. Or la mer ne leur laisse qu'une heure avant de refermer le coffre au trésor. Alain enfile ses cuissardes prolongées d'une cotte de ciré parfaitement étanche et commence sa récolte, tirant son bateau jusqu'à ce que la marée basse l'immobilise. Les piles de poches contenant deux-cents huîtres chacune, prêtes à finir de se faire une beauté pour Noël dans les claires, s'entassent sur le pont. Antoine, appareil photo en main, ne rate rien du travail de l'ostréiculteur et passe en mode vidéo pour restituer en mouvement cette sortie en mer extraordinaire.

Il saute à son tour sur le sable et filme la deuxième phase du travail : le maniement des poches qui resteront en mer pour terminer leur croissance. « Il faut les retourner et les secouer pour qu'elles ne s'accrochent pas aux parois de la poche, mais aussi chasser les algues. Elles resteront là jusqu'en février. Ensuite nous devons démonter les tables pour laisser la mer nettoyer le banc de sable de la vase que tous ces obstacles ont contribué à accumuler. » Antoine perçoit un rictus sur le visage de son interlocuteur qui attache rapidement le dernier tendeur et presse le pas vers le bout du rang de tables.

Il ne lâche pas son sujet et zoom en le suivant, de l'autre côté du rang. Il ne cadre pas sur l'environnement de son personnage mais capte en direct l'effroi qui s'empare de l'ostréiculteur. Il détache à son tour l'œil de sa caméra pour constater l'indicible.

Quatre membres, entravés avec les attaches de poches grillagées, gisent dans la longueur des tables. Le corps est installé en croix de Saint André face au ciel. Le visage du supplicié est en lambeaux et les hôtes de la mer y ont puisé leur pitance.

Sidérés, les deux hommes retiennent leur souffle, agressés par le drame autant que par l'antinomie entre l'environnement paisible de la mer sur fond ensoleillé et le choc de ce cadavre hideux. Un cauchemar !

Le journaliste s'estime heureux d'avoir oublié son sandwich. Blanc comme un linge, son compagnon a l'estomac habitué aux coups de mer et ne tarde pas à retrouver une apparence normale.

Depuis combien de temps les marées ont elle baigné le malheureux ? Aucune goutte de sang ne sourd évidemment des plaies béantes. À l'abri des vêtements, le reste du corps est intact. Un corps d'homme à l'évidence, grand et mince. Antoine n'est pas légiste mais capable de donner une trentaine d'années à ce cadavre. Chaussé de baskets, habillé d'un jeans et d'un blouson de simili cuir, il n'a pas l'apparence d'un ostréiculteur du banc de Lamouroux.

— Si ça se trouve il est mort noyé après s'être fait tabasser, lâche l'ostréiculteur, écœuré.

Le pauv' gars a eu le temps de reprendre connaissance et de deviner le sort abominable que lui destinaient ses bourreaux, la mer l'a léché, étouffé, enseveli.

Les deux témoins, émus, imaginent le hurlement précédant sa disparition sous les flots imperturbables.

Antoine retrouve, à une vitesse qui le surprend, ses réflexes de journaliste. Il n'a pas un long vécu de fait-diversier mais sait que le premier acte du procureur sera de réquisitionner sa carte photographique. Il est le seul témoin de la scène de crime et les gendarmes attendront une prochaine marée basse pour récupérer le corps. Il mitraille le supplicié, expulse la carte de son reportage et introduit dans l'appareil une nouvelle carte à destination de la justice. La scène de crime, le corps, la position du banc par rapport au château d'Oléron, il leur fait la totale. À charge de revanche peut-être.

— Il ne nous reste plus qu'à prévenir les gendarmes, conclut Alain, fataliste. S'ils nous demandent de les attendre sur place, on est pas rentrés à Chaillevette.

Curieux, les mouettes et les goélands approchent avec gourmandise des tables. Un peu déçus tout de même de ces deux gêneurs. Le pleur du goéland déçu qui décolle à deux mètres d'eux témoigne de sa mauvaise humeur et complète d'une note sinistre le tableau.

En suivant la progression des vaguelettes, reprenant petit à petit le contrôle du site, Antoine se demande si, avant de mourir, le crucifié a insulté l'écrivain qui avait écrit qu'en regardant la mer, il devenait un noyé heureux[1]. C'est vrai que Romain Gary a eu un rapport volontariste à la mort.

---

1. Romain Gary, *La Promesse de l'Aube*.

II

Alain empoigne son téléphone et compose le 17. Au gendarme de permanence du centre opérationnel il expose sa macabre découverte.

— Où êtes-vous positionné ?

— Sur le banc de sable de Lamouroux.

— D'après mon écran, cette zone dépend de Saint-Agnant. Je vous mets en contact avec la brigade locale.

Ses collègues ont évidemment un ressenti différent du technicien. Eux vont devoir se rendre sur les lieux et se retrouver « petites mains » dans une enquête qui perturbera pour un moment leur quotidien.

— Ouh là là ! s'étrangle le major De Pasmier, ce que vous me décrivez là ressemble à un assassinat. Vous n'avez touché à rien au moins ?

Alain le rassure et précise que le journaliste qui l'accompagne a photographié la scène de crime sous toutes ses coutures.

— Parce qu'en plus il y a déjà un journaliste sur place ! Vous n'avez pas convoqué TF1, en plus, avant de nous appeler !

Le major redescend dans les tours lorsqu'il entend les explications de l'ostréiculteur, mais le paquet qui vient de lui tomber dans les bras s'apparente à un très gros tas... Non, le major n'a pas dit merde. Il a gardé de son éducation de nobliau, une classe certaine. Entré dans la gendarmerie au moment où le judo, dont il avait fait son métier, ne lui apportait plus de satisfactions, cette classe naturelle et son bon niveau d'études lui ont permis de gravir rapidement les échelons de sous-off. Seul officier de police judiciaire de la brigade, il va devoir faire la preuve de ses capacités d'enquêteur et surtout d'organisateur.

— Bon, vous ne vous approchez pas de la scène de crime. Vous marquez l'emplacement à l'aide d'une bouée. Quand vous êtes-vous rendu sur les lieux la dernière fois ? Une semaine ! Dans ce cas un jour de plus ou de moins ne changera rien aux constatations. La mer ne va pas tarder à remonter si bien que le corps sera bientôt recouvert. Trop vite pour que nous ayons le temps d'arriver sur place. De toutes façons, nous avons les compétences maritimes, mais plus de bateau. Et oui, c'est ça désormais la gendarmerie. Je vais alerter la brigade de recherche de La Rochelle, qui a des plongeurs. Inutile de tenter quelque chose à la prochaine marée basse, en pleine nuit. C'est dommage, aujourd'hui les conditions étaient idéales. Espérons qu'il fera encore convenable demain. Quant à votre journaliste, s'il lui prend l'envie de balancer une photo dans Sud-Ouest demain matin, je lui colle une entrave à justice.

Antoine a souri aux menaces du major, il ne va pas gaspiller une telle cartouche pour un mini scoop dans la presse locale. Demain il sera encore de l'aventure, en qualité de témoin et comptera toujours vingt-quatre heures d'avance sur ses collègues. Sans oublier qu'il dispose de détails que les enquêteurs ne révèleront jamais lors des points presse.

En attendant le major donne aux deux « inventeurs » rendez-vous à neuf heures sur le port de La Cayenne à Marennes, le lendemain.

— Je ne sais pas si l'équipe de La Rochelle sera arrivée mais il nous faut un médecin pour constater le décès et nous signer un certificat d'obstacle médico-légal, indispensable pour que le corps soit à la disposition de la justice. Compte tenu des circonstances il viendra officialiser l'évidence mais ne se livrera à aucune investigation médicale complémentaire. Tout se passera à l'institut médico-légal de La Rochelle. Vous avez une idée de qui peut-être ce type ?

— Pas un des nôtres, assure fermement Alain. À mon avis il n'est pas venu de son plein gré à Lamouroux. Sinon il se serait habillé autrement.

— Écoutez, reprend le major radouci, évitez de vous éterniser sur place, attendez que la mer ait remis deux mètres d'eau au-dessus des tables, en vérifiant qu'aucun curieux ne s'approche et rentrez à Chaillevette sans parler de votre découverte. Vous avez récupéré le nombre de poches prévues ? Pour votre entourage il s'agira d'une journée ordinaire. À vous de trouver une excuse pour repartir en mer demain matin. Prenez votre plate. Nous risquons d'en avoir besoin.

L'aventure séduit Antoine alors qu'elle rend manifestement Alain fumasse.

— Putain, perdre une journée de travail à l'approche des fêtes ! Mais pourquoi est-il venu mourir sur mes tables. J'aurais su, je laissais la mer faire son travail d'autonettoyage. Pour ce que risque de lui servir cette enquête.

Antoine est resté muet face à ce mouvement de mauvaise humeur. Pas un mauvais bougre cet Alain. Son premier réflexe démontre qu'il n'est pas insensible au malheur des autres. Le soleil continue d'accompagner la navigation vers Chaillevette. Antoine reprend quelques clichés du vol des goélands sur fond de ciel bleu et de pont. Alain garde le silence et oublie l'étape des tubes de reproduction lorsque la « Clairette » se réengage dans l'estuaire de la Seudre. Tout juste tend-il le bras pour indiquer à Antoine.

— Le port de La Cayenne est à gauche, là. Vous me rejoignez, demain, sur le parking près de la jetée, ça m'évitera des questions supplémentaires au départ de Chaillevette.

Antoine a compris que la première chose à faire c'est de chercher un hôtel à Marennes. Il est peut-être pour un moment en Charente-Maritime. Après tout, il y a plus désagréable comme lieu de résidence.

Au moment du débarquement à Chaillevette, Alain a pris le temps, sous prétexte d'ultimes photos pour le reportage d'Antoine, d'ouvrir une douzaine d'huîtres avant de vider sa plate. L'ostréiculteur n'a pas changé de couteau pour mener à bien sa tâche d'écailler. La pointe entre exactement au point faible de la coquille et aucune huître ne résiste au dompteur. Du grand art ! Dans la cabane on ne chôme pas. Autour de la trieuse, en cirés, bottes et gants de caoutchouc, trois ouvrières s'affairent au conditionnement des bourriches. L'atmosphère est toujours aussi humide et avec le jour qui baisse, la fraîcheur gagne du terrain. Dommage que les huîtres, délicieuses par ailleurs, ne puissent se déguster avec un vin chaud. Il paraît qu'on les fait parfois couler avec du Pineau blanc ! Et pourquoi pas du Coca pendant qu'on y est ! Tout fout l'camp ma pauv' dame.

***

Effectivement le vent s'est levé. Lorsque Antoine met le nez dehors à Bourcefranc-le-Chapus, les nuages s'effilochent sur un fond de ciel encore bleu, prémices de l'arrivée d'une nouvelle dépression. À deux pas du pont de l'Île d'Oléron, il a pratiquement sous les yeux le site de sa future enquête. Honnêtement, le tarif de la chambre d'hôte n'est pas non plus étranger à son choix. Si la déco n'est plus tout à fait au goût du jour, la douche est chaude, le lit confortable et l'hôtesse agréable.

— Bien dormi ? s'inquiète Maryse lorsque le jeune journaliste rejoint la salle du petit déjeuner.

— Parfaitement.

Il ne peut pas raconter à une parfaite inconnue qu'il a passé la nuit à essayer de retrouver son souffle alors qu'une vague géante chevauchée par des monstres s'abattait sur lui et qu'il devait échapper aux tridents de ses agresseurs qui tentaient de l'embrocher.

— Combien de temps faut-il pour rejoindre le port de Marennes ?

— Vous y serez en dix minutes. Thé ou café ?

Antoine plonge soigneusement ses tartines beurrées dans son café crème. La veille au soir il a tenté de rattraper son déjeuner succinct avec une moule-frite copieuse, mais la seule idée des moules de bouchots égratignant un cadavre voyageur poussé vers leurs pieux par la marée lui a coupé l'appétit au bout de quelques bouchées. Cette fois cependant il serait peut-être prudent de glisser un sandwich dans son sac, au cas où. Son hôtesse l'a incité à l'appeler par son prénom, alors il se lance.

— Dites Maryse, je pars en mer à 10h pour une partie de la journée. Savez-vous où l'on peut trouver des sandwiches ?

— J'ai du jambon et du pain frais, je peux vous préparer ça si ça vous arrange. Au fait, vous gardez la chambre pour ce soir ?

— Je vais rester plus longtemps que prévu dans le coin alors effectivement, si vous voulez encore de moi ce soir, je reste.

Maryse a un regard amusé pour ce gamin. Elle a passé les cinquante-cinq balais et si le temps commence à marquer son visage, elle sait entretenir son corps et adopter une tenue élégante pour faire honneur à sa clientèle.

— Alors je vous garde… la chambre, minaude-t-elle.

***

Le journaliste a laissé une partie de ses bagages à Bourcefranc-le-Chapus, dont évidemment sa carte photo et il arrive avec cinq minutes d'avance sur le parking du port. La voiture siglée Gendarmerie Nationale sert de point de ralliement. Alain l'a déjà rejointe ainsi qu'un civil qu'Antoine imagine être le médecin. Les deux gendarmes ont enfilé leurs combinaisons. Un blouson imperméable et des bottes doivent compléter l'équipement.

— Alors c'est vous le journaliste d'investigation lance le major ? avant de s'arrêter net.

— J'en reviens pas, Pam ! Qu'est-ce que tu fais là ? réplique Antoine, ébahi.

— Eh bien tu vois, j'ai laissé tomber le judo à plein temps pour jouer au gendarme.

Le major De Pasmier comprend qu'il doit une explication au reste de l'auditoire.

— Nous sommes tous les deux de Châteauroux. Voici une quinzaine d'années, je donnais des cours de judo à cet énergumène dans le club local de la capitale de l'Indre. Il n'était pas mauvais d'ailleurs. Pour les gamins je n'étais évidemment pas Alceste De Pasmier, ça aurait fait rigoler tout le monde, alors on me connaissait sous mon diminutif, Pam.

La nostalgie laisse la place à la conscience professionnelle.

— La capitainerie a mis un bateau à notre disposition, annonce la major. Nous vous suivrons jusqu'au lieu du crime. Les collègues de La Rochelle nous rejoindront. Pas trop tard j'espère car la marée sera basse dans moins d'une heure. Je vous ai demandé de venir avec votre plate, Monsieur Clair, car il faudra récupérer le corps avec un luxe de précautions. L'eau de mer attaque les tissus et l'alternance de marées hautes et basses ne fait qu'amplifier le phénomène. Le pont de la plate pourrait nous être utile.

Les deux embarcations filent vers le pont de l'île d'Oléron. Un clapot, fruit des actions contraires du courant et de la houle, secoue le canot des gendarmes, des paquets d'eau balaient le pont de la plate, au ras des flots. Alain et Antoine restent à l'abri de la cabine.

— La journée va passer moins vite qu'hier, lance le journaliste à l'ostréiculteur, qui n'a rien dit depuis le départ.

— J'ai chassé toute la nuit le fantôme du crucifié. Ma femme m'a demandé où j'avais attrapé le tournis. Y sont sympas les gendarmes. Vivre un truc pareil sans pouvoir en parler à personne ! Ce soir le corps aura disparu de mes tables, mais pendant combien de temps je l'aurai dans la tête... Y m'font marrer avec leurs cellules psychologiques les citadins à chaque fois qu'il y a un pet dans une cité. Moi je veux bien emmener un psy avec moi relever les huîtres...

Par bâbord Antoine aperçoit un canot semi-rigide filer à toute allure vers le pont.

— Le major avait tort de s'inquiéter, rigole Alain qui a retrouvé le moral. Les Rochelais seront sur place avant nous. De la façon dont ça s'emmanchait, j'ai cru qu'on allait perdre encore une journée. Et je ne sais pas si on pourra seulement aller sur le banc ces jours-ci.

Effectivement, la flottille de plates a considérablement maigri depuis la veille. Une seule embarcation attend la marée basse à l'autre bout du parc à huîtres.

— C'est des gars du Château d'Oléron, ils ne vont pas forcément s'intéresser à nous, se rassure le patron de « Clairette ». Et puis, ils ont suffisamment de boulot pour ne pas jouer les curieux.

La vase, brassée par la houle et la luminosité moindre que la veille privent les enquêteurs de l'apparition mystérieuse des rangées de tables deux mètres sous les embarcations. Insensibles à cette poésie marine, les plongeurs rochelais s'équipent pour arriver au plus vite sur la scène de crime.

— Au moins en v'là qui mettent du cœur à l'ouvrage, apprécie Alain.

Discrètement Antoine tape quelques clichés supplémentaires. Il a pris la précaution de glisser une troisième carte dans son appareil, mettant de côté celle que les gendarmes ne vont pas manquer de lui confisquer.

III

Les deux techniciens en identification subaquatique (TIS) se sont mis à l'eau et rejoignent rapidement la bouée installée la veille par Alain. Il reste à peine un mètre d'eau au-dessus des tables et l'on distingue nettement les poches d'huîtres qui dissimulaient en partie le corps. Alain a enfilé ses cuissardes, prêt à faire face à toute éventualité.

Les Rochelais prennent des clichés de la scène de crime qui émerge des flots entre deux vaguelettes. Le major a rapproché au maximum son embarcation pour permettre au médecin de consigner ses constatations sans avoir besoin de prendre un bain de pied. La mort ne fait évidemment aucun doute et les charognards ont continué leur travail de destruction. Les clichés d'Antoine pourraient être utiles aux gendarmes pour dresser un portrait-robot de la victime.

Le major s'est lui aussi équipé. Pas besoin de surchaussures pour protéger la scène de crime. Une paire de bottes est plus appropriée. Ils sont trois désormais à barboter autour de la table mortuaire, sans émotion particulière. Ils font le job, avec un certain optimisme, songe Antoine. Pas sûr que les marées aient laissé un seul indice à force de brasser le crucifié.

— C'est vrai qu'une telle mise en scène n'est pas banale, apprécie le major en se rapprochant d'Antoine. On ne pourra même pas utiliser les liens comme indices, ils n'ont pas fait de nœuds, des éléments que l'on sait faire parler en police scientifique. S'ils savaient pouvoir trouver sur les tables de quoi sangler leur victime, c'est qu'ils sont un peu du métier. Que veulent-ils nous dire avec cette crucifixion ? Nous soumettrons ce cas à notre institut des sciences du comportement de Pontoise. Peut-être nous retrouveront-ils une vieille légende saintongeoise que les meurtriers auraient remise au goût du jour. À mon avis, cette immersion avait surtout pour but d'effacer les traces des agresseurs tout en envoyant un message. À qui ?

— Tu penses à une rivalité entre bandes ?

— Éventuellement, en tout cas ils ont fait en sorte que le corps soit retrouvé. S'il s'agissait simplement d'éliminer un adversaire, ils l'auraient balancé – lesté – à la mer pour qu'il ne remonte jamais à la surface. On sait déjà qu'on a affaire à plusieurs co-auteurs. Je vois mal un seul meurtrier massacrer un mec, le charger dans un véhicule pour le conduire au bateau, naviguer jusqu'au parc et se livrer à cette mise en scène.

— À ton avis il était vivant ou mort ?

— On le saura à l'autopsie avec la recherche des diatomées.

Face à l'interrogation muette de son ami, Pam donne un mini cours de police scientifique.

— Les diatomées sont des microalgues que l'on retrouve dans les poumons du défunt s'il a continué de respirer au moment où il a été plongé dans l'eau. On effectue un prélèvement d'eau, ce que sont en train de réaliser les plongeurs, et le légiste comparera les diatomées à celles retrouvées dans les poumons. On peut avoir une première indication en observant une sorte de mousse autour des narines et de la bouche du noyé, mais avec le temps passé dans l'eau par notre homme, je doute fort qu'il y ait encore ce type de traces.

— Et s'il était déjà mort, il n'y a pas d'eau dans les poumons.

— Exact, et même s'il a été noyé ailleurs, avant d'être conduit à Lamouroux, on le saura, car il n'aura pas les mêmes microalgues dans les poumons.

— Et ce sera une chance de plus pour l'enquête.

De son côté, le médecin complète son certificat de décès d'un homme d'une quarantaine d'années, de corpulence moyenne pour une taille d'un mètre soixante-dix-huit, sur la commune de Bourcefranc-le-Chapus au lieudit Le banc de Lamouroux. La mort est estimée entre le 8 et le 15 décembre.

Le médecin s'est fié aux déclarations d'Alain qui va devoir faire une déposition, tout comme Antoine, auprès du major De Pasmier à la gendarmerie de Saint-Agnant.

Les techniciens sont désormais sur le sable et fouillent les alentours des tables en quête du moindre élément oublié par les criminels.

Le major s'inquiète du transport du corps :

— Dites Alain, est-il facile de démonter les tables ?

— Je m'attendais à ce que vous posiez ce genre de question. Chaque année nous démontons le parc. Ça ne pose donc pas problème de retirer les fixations qui les ancrent au sol. Mais j'imagine que vous avez besoin de ma plate pour transporter les tables avec Totor dessus. Et là, avec les conditions de mer il ne risque pas d'avoir mal au cœur, mais de partir en morceaux… ce que vous voulez justement éviter. J'ai de quoi sangler les tables qui ne bougeront donc pas sur le pont, mais avez-vous une housse pour maintenir le cadavre sur la table. Les liens qui l'ont empêché d'échapper à la noyade ne tiendront pas jusqu'au port. Ou plus exactement ils désarticuleront le cadavre.

— À votre avis il faut donc le détacher ? Je vais voir ce qu'en pensent les TIS.

Pour le moment les TIS tiennent leur premier indice. Un couteau à lame pliante, d'une célèbre marque savoyarde, retrouvé dans le sable sous la table. Les traces de corrosion sont minimes. Il n'a pas séjourné très longtemps dans l'eau. Interrogé, Alain assure que ce couteau ne lui appartient pas, trop fragile par rapport au matériel qu'il utilise. Personne, sauf Antoine, ne l'a accompagné sur le parc depuis l'été. Antoine non plus n'utilise pas cet Opinel. Peut-être a-t-il été perdu par un des tueurs… ou transporté jusque-là par les courants, mais les TIS ne croient pas aux coïncidences et demanderont au légiste de vérifier si certaines plaies du cadavre peuvent avoir été occasionnées par ce type de lame. Les TIS marquent à l'aide d'un cône le lieu de la découverte et envisagent désormais le transport du corps.

— L'idée, explique le chef des TIS, c'est effectivement de le transporter sur les tables. Le risque principal c'est que le squelette se désarticule si le dos n'est pas soutenu. Nous disposons d'une housse, pas de planche. À nous six, nous devons pouvoir le glisser dans la housse sans le casser, après l'avoir détaché, en rassemblant les membres. La housse, sanglée sur une table maintiendra notre homme en un seul morceau. À l'arrivée, nous n'aurons plus qu'à glisser la housse sur une planche et les pompes funèbres à le conduire à l'institut médico-légal de La Rochelle.

— L'identification risque d'être compliquée, s'inquiète Antoine.

— Nous n'avons trouvé aucun papier sur le corps, confirme le gendarme. Il faudra voir à partir des empreintes digitales et de l'Adn si nous l'avons dans nos fichiers, retrouver d'éventuels tatouages qui permettent de remonter jusqu'aux professionnels qui doivent garder les coordonnées de leurs clients. À partir de la mâchoire, on fera aussi une recherche chez les dentistes. L'identification n'est pas assurée, mais probable. Nous ne sommes pas non plus en face d'un cold case.

L'Homme de Vitruve[1] maritime est manié avec un luxe de précautions pour entrer dans la housse des gendarmes. Jamais sans doute dans sa vie sa tête n'a reposé sur trois paires de mains... Seul le médecin est resté à bord de l'embarcation du major. Les trois autres « secouristes » font glisser délicatement la housse sous

1. De Léonard de Vinci.

la tête du mort. Une sale tête au demeurant qu'il était temps de retirer à l'appétit des nécrophages. Le reste du corps, habillé, est plus facile à manier et des sachets enveloppent les mains du supplicié pour éviter tout frottement au cours du transport. Il aura tout de même fallu plus d'une heure aux six hommes pour mettre le corps en sécurité dans la housse, elle-même sanglée solidement sur les tables. La discussion pour savoir si l'on déposait la housse directement sur le pont du chaland a vite tourné court. Le chef des TIS redoutant que l'on plie la housse en la descendant de la table. Alain, n'avait aucune envie de transporter un cadavre, même enveloppé, sur le pont de son bateau. Son dernier argument emporta la décision.

— Sur les tables, la housse sera moins ballotée par les vagues que sur le pont où l'on va embarquer des paquets de mer.

Le vent a encore forci lorsque les trois embarcations reprennent la mer. Fort heureusement, le retour en vent arrière chahute moins la plate qu'un effet de roulis dû à un vent de travers. Alain maintient son embarcation en vitesse réduite pour éviter de taper de la proue lors des mini surfs où l'entraînent les vagues. Alain et Antoine voient néanmoins se profiler avec satisfaction l'entrée de la Seudre. La mer est grise, un grain fouette désormais leurs cirés. Un calme bienvenu les accompagne alors qu'ils remontent le chenal menant au port de La Cayenne. Antoine s'offre une vidéo des rives bordées des cabanes d'ostréiculteurs gaiement colorées, ça fera une ouverture paisible pour son reportage en attendant la découverte du drame. Le major a bien fait les choses et un fourgon des pompes funèbres attend sur la jetée, à proximité de la cale de mise à l'eau. En débarquant, Antoine découvre les TIS sous un nouveau jour, deux crânes bronzés à la coupe militaire. Deux techniciens pas plus loquaces sur la terre ferme qu'en mer. Ils ont rangé le matériel pendant le voyage retour, reculé leur véhicule, engagé la remorque sous leur bateau. En quelques gestes précis celui-ci est amarré et tiré hors de l'eau. Seul le major a droit à quelques mots. Habitués à évoluer dans le monde du silence, les deux militaires se sont parfaitement fondus dans leur environnement.

Le manège des gendarmes et du personnel des pompes funèbres a attiré les curieux autour du bassin. Le major et son coéquipier ont établi un périmètre en rubalise à l'entrée de la cale et les TIS viennent prêter main forte pour faire glisser la housse de la plate au fourgon. Habitués à ce type de transport délicat, les croquemorts disposent d'une large plaque rigide qu'ils glissent sous la housse dès qu'Alain l'a libérée de ses liens. Six paires de bras ne sont pas inutiles pour poser le sinistre fardeau sur le chariot que l'on roule prestement dans le fourgon. Circulez y'a rien à voir.

Pour Alain, la journée est perdue, il amarre sa plate en bordure du quai et accepte l'offre d'Antoine qui propose d'aller immédiatement à Saint-Agnant, après le départ des TIS et du fourgon mortuaire vers La Rochelle. La Clio fatiguée d'Antoine suit sans trop de difficulté le véhicule des gendarmes sur la départementale qui traverse le marais de Brouage.

— J'aurai pu venir faire ma déposition en bateau, commente en souriant Alain, le canal de Bidoire y passe et l'on peut même remonter de Marennes à Rochefort, enfin, en prenant son temps pour passer les écluses. Il faut être en vacances pour ça !

La gendarmerie toute blanche et son toit de tuiles canal se fond dans le paysage de la petite cité, proie régulière de la montée des eaux au milieu du marais, un phénomène qui se renouvelle de plus en plus souvent depuis le début du siècle.

Le major les accueille dans ses locaux et organise les auditions afin de ne pas leur faire perdre davantage de temps.

— Dans la mesure où tu n'es pas impliqué dans cette affaire, Antoine, décide le major De Pasmier…

— … Moi en revanche je suis mouillé à fond, conclut Alain, ronchon.

— Je ne parierais pas ma chemise sur votre culpabilité, mais Antoine n'a pas pu temporellement participer au crime. C'est pourquoi je propose que le gendarme Lesable entende votre mousse et je prendrai votre déposition. Ça nous fera gagner du temps.

Les deux duos rejoignent des bureaux distincts pour procéder aux fastidieuses pages d'écritures.

IV

La mer bleue à l'entrée du Pertuis d'Antioche, le pont d'Oléron tout blanc et ses goélands, le montage d'Antoine a de la gueule et la poésie des premières images introduit parfaitement le drame qu'il s'apprête à faire découvrir aux téléspectateurs de TF1. Une minute trente avec un commentaire en voix off au 20h, le teasing est parfait. Antoine a veillé à ne faire aucune vue trash du corps que l'on aperçoit très nettement sur la table ostréicole. Il n'a pas utilisé non plus les images tournées le jour de l'intervention des plongeurs. De toute façon, la scène de crime est gelée, les services de gendarmerie ont récupéré le corps et le procureur doit faire un point presse le lendemain. La justice a besoin de témoignages pour élucider cette étrange affaire. Malgré leur discrétion, l'intervention des Rochelais n'est pas passée inaperçue à Marennes mais l'escarcelle des gendarmes est vide.

Antoine a laissé passer une journée pour peaufiner le montage de sa vidéo et rédiger quelques textes. Il a activé ses contacts dès son retour de Saint-Agnant. Le réseau ESJ auquel appartient le jeune journaliste lui permet de gagner du temps et frapper aux bonnes portes. Comme toutes les grandes écoles, l'École Supérieure de Journalisme de Lille a une association d'anciens élèves. Une chaîne d'entraide pour fournir des stages ou faciliter l'embauche des jeunes journalistes, mais aussi un carnet d'adresses intéressant. Les anciens occupent souvent des postes décisionnels dans les rédactions. Pour TF1 l'intérêt du scoop facilite la tâche du « relayeur ». Et puis c'est du gagnant-gagnant, l'annonce, à la fin du reportage, d'un point presse du procureur de la République le lendemain de la diffusion crédibilise le document et induit automatiquement une suite, bon pour l'audience ça. La chaîne privée n'a pas hésité à payer l'exclusivité à sa juste valeur. Avec ce scoop à près de cinq chiffres Antoine va pouvoir consacrer quelques semaines à l'enquête.

Alain l'a rejoint, après avoir raconté toute l'histoire au major. Il semble plus détendu. De là à sourire... Même s'il n'est que témoin dans cette affaire, le fait que l'on retrouve un cadavre dans un lieu qu'il est seul à fréquenter oblige les gendarmes à vérifier son emploi du temps, connaître ses rapports avec ses voisins de parc, même si à priori la victime est extérieure au milieu de l'ostréiculture.

Alain s'est tout de même un peu agacé face à la méticulosité du major.

— Si j'avais voulu faire disparaître un rival, vous pensez que je serai venu avec un journaliste pour constater sa mort ?

Sans perdre son calme, Pam lui a répondu :

— Vous aviez réussi le crime parfait, vous pouviez mettre en garde vos adversaires en leur montrant ce qui arrivait à ceux qui vous cherchaient des poux dans les huîtres.

Même radouci, l'ostréiculteur n'a pas souhaité s'attarder à Saint-Agnant. Antoine a tout de même pris le temps de remettre à son ancien prof de judo sa carte photographique.

— Le juge d'instruction risque de faire une réquisition pour la récupérer, alors, autant te donner un coup d'avance. Rassure-toi, j'ai des doubles, mais donner le support est une marque de confiance en la justice. Je connais les règles et ne vais pas publier les clichés qui peuvent porter atteinte à la mémoire de la victime.

À partir de là il peut exploiter l'information en prenant soin de ne pas se mettre les gendarmes à dos. Il écrit généralement pour des revues qui traitent d'environnement et de gastronomie, ce qui explique un léger excédent pondéral, mais sa formation à Lille lui a apporté les éléments de droit nécessaires au traitement des faits divers. Il a ciblé un quotidien parisien prisé des amateurs d'info à émotion forte, un hebdo auquel il réserve un reportage photo et utilisera ses comptes pour profiter de la médiatisation de sa découverte. « Une chance comme celle-là, on n'en a souvent qu'une seule dans une vie de journaliste », s'est-il répété en reprenant la route de Marennes aux côtés d'un ostréiculteur mutique.

***

L'admiration transparaît dans les yeux verts de Maryse lorsqu'elle l'accueille au petit déjeuner.

Double dose de croissants, corbeille de fruits… on n'héberge pas tous les jours une célébrité dans les chambres d'hôtes de Bourcefranc-le-Chapus. Décidément ce jeune homme possède toutes les qualités : la jeunesse, la beauté (si quand même) et le talent de raconter une histoire extraordinaire au 20h. Maryse s'attribue une part de gloire naturellement. Qui a offert le wifi ?

— Vous êtes un sacré cachotier ! Vous avez passé toute la journée à travailler sur votre histoire sans me permettre de deviner qu'un grand journaliste habitait chez moi. Je me demande si j'aurais continué à filmer en découvrant le drame. Vous savez qui c'est le défunt ? Non, vous ne savez pas et de toute façon vous ne me le direz pas. Venir mourir sur le banc de Lamouroux, quelle histoire !

Antoine laisse s'écouler ce flot d'émotion avec la distance qui sied à une star des médias. Pas mécontent de son effet. Maryse peut être assimilée aux ménagères de plus de cinquante ans. Manifestement le cœur de cible est atteint.

Rien ne manque sur le plateau du petit déjeuner et l'hôtesse a laissé tomber quelques gouttes de parfum dans son cou. Le jeune journaliste apprécie à sa juste valeur l'hommage rendu à sa gloire naissante.

— Je n'espérais rien de Marennes. Il aurait pu ne rien s'y passer. La première qualité du journaliste, c'est la chance. Je vous embarque dans mon enquête, vous connaissez plein de monde ici. Quelqu'un avait disparu dans le pays, ces derniers temps ?

— Je n'ai entendu parler de rien, lâche Maryse à contre-cœur, désolée de débuter sa collaboration par une réponse nulle.

— Je pars à Poitiers assister à la conférence de presse du procureur. J'en sais autant qu'elle…

— Mon dieu, c'est une femme !

— Évidemment, poursuit Antoine imperturbable, les femmes sont ultra majoritaires, dans les rangs de la magistrature. Mais rassurez-vous, sur une scène de crime, elles sont largement aussi à l'aise que les hommes. La vue du sang ne les émeut pas, elles !

— Pourquoi faites-vous le voyage à Poitiers dans ces conditions ?

— Pour faire sa connaissance mais aussi rencontrer la ou le juge d'instruction désigné pour ce dossier, c'est toujours utile pour la suite. J'avoue avoir envie de mesurer l'impact du scoop auprès de mes confrères. Après le reportage de Tf1 hier, j'ai un sujet paru ce matin dans un journal parisien. J'attends des demandes de correspondances.

— Je vous garde la chambre pour ce soir ?

— Je suis là jusqu'à Noël. Vous fermez pour les fêtes ?

— C'est en fonction de la demande mais, c'est malheureux à dire, j'ai l'impression que l'affaire va nous attirer du monde.

Sur la route de Poitiers. Antoine zappe de station en station. Son affaire est dans tous les bulletins. Pas encore en ouverture mais les confrères font un résumé et renvoient à la conférence de presse. Les gendarmes sont muets, alors quelques médias se rabattent sur les élus locaux qui ne peuvent guère disserter que sur la couleur de la mer et le charme d'Oléron en hiver.

En consacrant toute son attention visuelle à la route… et à son compteur numérique, instrument indispensable pour conserver quelques points sur son permis de conduire, Antoine savoure son nouveau statut. Il vient de passer dans la catégorie des « winners ». Pas volé après le nombre de galères traversées. Il ne va pas pour autant se plaindre de son sort. Journaliste, il en rêve depuis… depuis qu'il sait lire en fait. En dévorant ses premiers livres d'aventure, il se mettait dans la peau du reporter pour trouver la solution avant d'arriver au dernier chapitre. La lecture des Tintin l'avait convaincu que le rôle du reporter consistait à mener une enquête et livrer ses conclusions à la police qui n'avait plus qu'à coffrer les coupables. Avec le temps évidemment l'image du journaliste prit une tout autre forme, mais la place de la lecture dans son existence ne diminua pas. Lorsqu'on tombe amoureux de l'assemblage des mots, on a forcément envie de s'y essayer à son tour et, à moins de caresser le rêve fou de devenir écrivain-sinon-rien, le journalisme offre une alternative pour celui qui cumule curiosité et amour de l'écriture.

Le parcours d'Antoine, associant bonnes rencontres étonnantes réussites et investissement personnel l'avait fait débarquer sur le marché du travail correctement préparé. Pourtant, de stages mal rémunérés en CDD non renouvelés, il venait de passer huit ans à guetter l'indice lui signifiant que le temps semblait venu d'envisager quelques projets d'avenir. Le malheur des uns fait parfois le bonheur des autres. La découverte du crucifié de Lamouroux coïnciderait-elle avec le début d'une nouvelle étape professionnelle ? On peut toujours rêver, mais quelque chose lui dit que ce fait divers abominable cache une histoire qu'il lui faut prendre le temps de découvrir et de raconter.

***

Dans la ville haute, le tribunal de Poitiers, au fond d'une petite place, n'a pas été spécialement conçu pour faciliter le stationnement. Les fourgons de reportage des chaînes d'info en continu sont garés en vrac pour faire au plus vite la pêche aux premières images avant de filer sur Oléron.

Antoine passe encore inaperçu avec son calepin et son modeste appareil photo. Les Parisiens ont déjà une théorie très arrêtée sur l'affaire. « Soit on boucle l'enquête avant Noël, soit personne ne veut parler et le crucifié d'Oléron restera un mystère. Mais finalement le crime n'est peut-être pas à la hauteur de la mise en scène. En tout cas, ça va être galère pour faire des images sur place. La météo prévoit une tempête. On ne va tout de même pas louer un drone ! »

Lorsque s'ouvre la porte de la salle des pas perdus, la troupe s'élance à l'assaut des marches, les cameramen profitent du poids de leur matériel pour se frayer un passage. Les autres suivent, comme ils peuvent la marée traditionnelle, aberrante puisque tout le monde se trouvera à portée de voix du magistrat, le cercle s'arrondit autour du micro qui attend la procureure.

Grande brune aux cheveux longs et aux yeux clairs, Delphine Marchand impose naturellement sa silhouette à ses interlocuteurs. Elle vient de passer la cinquantaine et vit parfaitement son rôle de patronne du parquet de Poitiers. En pantalon droit noir et veste blazer grise, elle s'offre une petite touche de couleur avec un haut vieux rose en forme tee-shirt à col montant en dentelle. Chic et décontracté.

« Mesdames et messieurs » bonjour, attaque-t-elle immédiatement. L'affaire qui nous intéresse concerne un individu de sexe masculin âgé vraisemblablement de 33 ans. Son identification est en cours à partir des différents éléments : vêtements, traces d'ADN, empreintes digitales, dentition, retrouvés sur le cadavre lors de son examen au centre médico-légal de La Rochelle. Le décès remonte à moins d'une semaine. J'ai saisi Caroline Mallet pour mener l'instruction de cette affaire criminelle. J'ai demandé que soit ouverte une information judiciaire sur une qualification d'assassinat précédé ou accompagné d'actes de barbarie. L'autopsie a démontré qu'après avoir reçu des coups, la victime était morte noyée par la marée montante. »

Le frisson d'épouvante est de courte durée et les questions pleuvent à propos des conditions dans lesquelles le corps a été retrouvé et des pistes criminelles envisagées.

Delphine Marchand renvoie les journalistes vers le reportage parfaitement explicite diffusé la veille au soir, ce qui plombe un peu l'ambiance. Dans la corporation généralement on déteste avoir à ramer après un « ratage ». Pour le reste, elle se contente d'observer que les conditions dans lesquelles s'est déroulée la mise à mort rendent peu probable la présence d'un seul individu sur la scène de crime. On peut donc exclure le drame passionnel des pistes potentielles, toutes les autres restent ouvertes.

— L'enquête est confiée à la Section de Recherche de Poitiers en liaison avec la brigade de recherche de Saint-Agnant que dirige le major De Pasmier. Ce seront les derniers mots de la magistrate qui laisse, comme la plupart du temps en début d'enquête, les journalistes sur leur faim.

Et ramer quand on a faim c'est un coup à vous fâcher avec la mer et les huîtres, à vie.

V

Au moment où la marée journalistique se retire, Antoine est l'objet de sollicitations très différentes. De confrères d'abord qui le pressent de mettre en ligne quelques photos pour la banque de la PQR, mais aussi de la procureure de la République qui souhaite lui parler lorsqu'elle en aura terminé avec les porteurs de micros et caméras. Les premiers ont droit à sa carte de visite, avec l'assurance qu'ils n'auront pas les photos déjà parues dans le quotidien national. « J'ai aussi des photos de la scène de crime avec les TIS », les rassure-t-il. Pour Delphine Marchand, la démarche est pour le moins originale. Habituellement les journalistes sont demandeurs, pas les magistrats. Discrètement, alors que le parking sauvage s'éclaircit, Antoine reste à la disposition de la justice.

La magistrate n'impose pas la distance que ses confrères jugent en général indispensable entre leur corporation et le commun des mortels. Elle ne manque pas d'humour pour établir le premier contact avec Antoine.

— Monsieur Ambien, vous atterrissez souvent sur les scènes de crime ? demande-t-elle avec un sourire.

Antoine lui résume ce qu'elle sait en fait déjà, le reportage sur l'ostréiculture, l'arrivée sur le banc, la découverte du corps et le deuxième passage en compagnie des gendarmes.

— Merci pour le reportage photo, c'était très complet.

— J'ai préféré anticiper, je sais qu'à la première photo publiée vous auriez lancé une réquisition. Mais est-ce que je peux à mon tour risquer une question ?

— Allez-y je vais bien voir si je peux vous répondre sans violer le sacro-saint secret de l'instruction.

— En observant la façon dont le corps était habillé j'ai eu le sentiment que l'on pouvait avoir affaire à un étranger. L'autopsie, avec le nécessaire déshabillage, corrobore-t-elle mes constatations ?

— Vous pensez à un migrant ?

— Pas nécessairement, on habille les migrants avec des vêtements venus des associations d'aide aux réfugiés, vêtements qu'ils ont peut-être contribué à fabriquer dans leur vie antérieure. Là, j'ai cru reconnaître un blouson particulier. Je pensais à un individu venant d'un pays de l'est, peut-être même d'Europe de l'Est.

— Pour le médecin légiste les cheveux clairs, le nez droit et les arcades sourcilières faiblement développées constituent des éléments indiquant une origine slave. Mais la notion génétique est large. S'agissait-il d'un individu présent dans la région depuis longtemps, était-il de passage ? Nous n'avons retrouvé aucun avis de disparition qui aurait été lancé au cours des dernières semaines pouvant correspondre à notre cadavre.

— Mes photos constituent une base utile pour un portrait-robot.

— Justement, entre votre jeu de photos et celui réalisé deux marées plus tard par les gendarmes, le visage de notre victime était devenu méconnaissable. Mais je voulais avoir cette conversation avec vous car j'ai le sentiment que vous vous impliquez particulièrement dans cette enquête. Chacun son job et j'ai le plus grand respect pour la liberté de la presse…

— Mais… sourit Antoine, pas dupe de la suite.

— Je ne peux pas vous empêcher d'enquêter, j'aimerais… nous aimerions en fait, car la juge d'instruction partage cet avis, établir avec vous une règle de bonne conduite…

— J'ai fait un peu de droit et je connais les notions d'entrave à la justice ou de non-dénonciation de crime.

Delphine Marchand s'agace un peu face au jeune coq qui brandit l'étendard de Liberté.

— Écoutez, nous ne sommes pas dans une manif ou une AG. Je veux simplement vous faire comprendre que le hasard vous a placé dans une position privilégiée par rapport à ce dossier. Par ailleurs, vous n'appartenez pas à un organe de presse classique avec le filtre d'une hiérarchie éditoriale. J'aimerais donc que vous rencontriez Madame Mallet.

Entre la contrariété d'être tenu en laisse par la justice et l'avantage d'une proximité particulière par rapport aux magistrats, Antoine réfléchit à toute allure. Rien ne l'oblige à tout dire au juge d'instruction ni à révéler ses sources.

— S'il s'agit d'un échange d'informations je suis d'accord.

— Ne rêvez pas jeune homme, je pensais plutôt à une confrontation d'analyses dans le respect du code de procédure. On y va ?

La marge de négociation est étroite.

— Je vous suis.

***

Un cabinet d'instruction s'apparente davantage à un local technique d'audition qu'à un boudoir. Les magistrats s'y succèdent sans les personnaliser. La littérature de leur bibliothèque a une thématique exclusive. Les étagères débordent de dossiers propres à flanquer le cafard à tout individu normalement constitué poussant, le matin, la porte capitonnée de l'antre. Tout juste reste-t-il une petite place sur le bureau pour quelques photos de proches donnant mauvaise conscience au magistrat rentrant régulièrement chez lui à « pas d'heure ». Une jeune femme d'allure sportive et une fillette de six ou sept ans tiennent ainsi compagnie à Caroline Mallet.

Cette dernière allie discrétion, raffinement et féminité. De taille moyenne, brune aux cheveux mi-longs bouclés, elle donne à ses vêtements classiques une touche élégante simplement en les faisant vivre. Réservée, dans le cadre de ses fonctions en tout cas, de l'avis intérieur d'Antoine Ambien qui vient de faire sa connaissance. Les lunettes à monture noire sur des yeux marron donnent à son visage triangulaire un air sévère corrigé toutefois par la douceur de ses traits.

Sérieuse, Antoine lui attribue cet adjectif au terme de ses quelques secondes d'analyse. Caroline Mallet ne déclenche pas d'envies de confrontation, à moins d'être particulièrement exalté, ce qui doit quand même être le cas de quelques-uns des visiteurs de son cabinet d'instruction. Elle donne à son interlocuteur le sentiment qu'il sera entendu, que ses mots ne rebondiront pas contre un mur. Un confort réciproque pour les deux interlocuteurs. Le juge d'instruction n'a pas besoin d'élever la voix et le prévenu de perdre son sang-froid en tentant coûte que coûte d'imposer son discours. Libre ensuite, au premier, de retenir ce qui lui semble cohérent des heures d'auditions enregistrées par son greffier.

— Madame Mallet est avec nous depuis six mois seulement, précise Delphine Marchand à l'intention d'Antoine et n'a donc pas en tête toute la géographie d'Oléron et de la côte charentaise. N'hésitez pas à planter le décor autour de notre scène de crime.

Modeste, Antoine rappelle que le Perthuis d'Antioche n'est pas son terrain de jeu habituel.

— Voici soixante-douze heures, je n'avais jamais vu une table d'ostréiculteur de près et ne songeais pas que les huîtres puissent se baigner par dix mètres de fond avant de passer une heure sur le sable.

Un froncement de sourcils de son interlocutrice lui indique qu'il est en train de la perdre dans les méandres de la Seudre. Il reprend donc posément le récit de sa journée du 15 décembre, ce qui permet à Caroline Mallet d'avoir une vision en 3D de l'environnement du cadavre auquel elle va devoir donner un nom, comprendre pourquoi on l'a offert à la mer à cet endroit-là et identifier le ou les coupables de cette abomination.

— Je vous remercie, monsieur Ambien, pour la précision de cette déposition. Madame la procureure et moi avons bien compris qu'un journaliste qui a la chance de se trouver en première ligne sur une affaire aussi extraordinaire, ne peut pas rentrer chez lui et attendre qu'on lui apporte le résultat de l'enquête... à défaut de connaître la vérité. Dans ce dossier en effet nous partons avec un plein seau de plage de points d'interrogation.

— À ceci près, corrige Antoine, après avoir apprécié l'image estivale, qu'il a bien fallu transporter le corps depuis la côte, plutôt à partir d'Oléron à mon avis, et que ce déplacement a forcément eu des témoins.

— Vous pratiquez la pêche aux crabes monsieur Ambien ?

Décidément, après les châteaux de sable, la juge d'instruction développe la thématique balnéaire. La très chouette Caroline Mallet, malgré son visage au teint si clair, n'entre pas dans la catégorie des « Filles du bord de mer » chantées et par Adamo et Arno. L'image de son interlocutrice, en nageuse de la mer du Nord, traverse l'esprit du journaliste sans lui donner le pourquoi du comment de cette interrogation déconcertante. Elle ne laisse pas à Antoine le loisir de répondre et poursuit.

— Il existe deux façons de pêcher les crabes. La première consiste, à l'aide d'un crochet, à soulever les roches, inspecter ce qu'elles cachent et les remettre en place. Pour la seconde l'équipement se réduit à deux mains qui basculent les rochers, entraînent la fuite du crabe éventuellement attrapé après plusieurs destructions d'abris.

— En d'autres termes votre histoire de crabes respire la version marine de l'éléphant dans un magasin de porcelaine, le journaliste jouant à chaque fois le rôle du pataud de service.

— Et susceptible avec ça ! Je ne veux pas faire de généralités mais le gendarme ou le policier ne recherche pas la publicité. Le journaliste en revanche doit apporter du neuf à son auditoire pour le tenir en haleine...

— Je comprends votre inquiétude, la rassure Antoine, cependant le travail que je souhaite entreprendre n'implique pas une obligation de résultat au jour le jour. Je dispose désormais de plusieurs semaines pour reconstituer le parcours de notre malheureuse victime. La solution de l'énigme se trouve sur l'île d'Oléron et pour raconter cette histoire je devrais la parcourir de long en large, sans marcher sur les brisées des enquêteurs. Je livrerai les éléments nouveaux qui pourront être utiles à l'enquête tout en préservant mes sources...

— ... et vous avez un pied dans la maison ! Le major Alceste de Pasmier est Castelroussin.

Devant l'air ahuri d'Antoine, Caroline Mallet poursuit dans un sourire

— Il se trouve que mon parcours professionnel m'a conduite au tribunal de Châteauroux. Entre un directeur d'enquête et un magistrat on ne parle pas uniquement travail et nous nous sommes découvert deux points communs : Châteauroux et le judo que je continue de pratiquer pour entretenir ma souplesse.

La perplexité d'Antoine s'accroît au fur et à mesure que la magistrate livre des confidences soigneusement étudiées. Elle enrobe le journaliste dans une toile de sympathie propre à diminuer sa liberté de mouvement. Redoutable. Il va falloir qu'il étudie d'un peu plus près le profil de cette joueuse d'échecs.

Ils se séparent en convenant que le major permettra à Antoine de mener son enquête parallèle. Il en référera régulièrement à la juge d'instruction. Une sorte d'officier traitant, songe, réaliste, le journaliste. Caroline Mallet ne ferme pas la porte à un contact direct, le cas échéant. Dans liberté surveillée il y a quand même liberté. Et la liberté, comme on dit au Canard enchaîné, ne s'use que si on s'en sert.

VI

Évidemment, le fait que le crucifié de l'Amouroux soit mort noyé par la marée montante fait grimper le sujet dans la hiérarchie des flash radio. Antoine n'a pas la télé dans sa voiture mais imagine que l'affaire d'Oléron doit être le fil rouge des chaînes d'info en continu, et faire le buzz sur les réseaux sociaux, ce que lui confirme son portable, en attendant la soirée où la guerre en Ukraine reprendra ses droits. L'envoyé spécial le plus talentueux ne peut guère capter l'attention du téléspectateur en rappelant pour la énième fois les faits devant un océan plongé dans l'obscurité. Même les mouettes sont couchées.

Le retour à Bourcefranc-le-Chapus est évidemment triomphal. Malgré la bise qui laisse présager un fort coup de vent à venir, Maryse a trouvé à s'occuper dans le petit jardin qui sépare « Avant l'Île » de la rue. Curieuse appellation pour cette pension, plus originale en tout cas que Beauséjour, Les Flots, et autres Ressac. Il reste encore quelques feuilles mortes à ramasser dans les massifs où pointent les tiges de jonquilles et tulipes. Ça tombe bien car le poste d'observation est sans pareil pour intercepter le journaliste dès son retour et avoir les premières nouvelles de Poitiers.

— Sale temps pour faire de la route ! Je vous prépare une tasse de thé ?

Antoine n'a pas dit non. Il sait bien que, comme les sportifs après une performance, il va devoir se plier au pensum de l'interview.

— Au fait Monsieur Ambien, je me suis permise de perturber vos nouvelles habitudes en vous attribuant la chambre numéro un. Elle est plus grande que celle que vous occupiez. Plus lumineuse aussi, vous y serez plus à l'aise pour travailler.

Il se trouve, mais c'est sûrement un hasard, que cette chambre est la plus proche des appartements privés de l'hôtesse qui ne perdra rien des allées et venues de son prestigieux client.

Dans le salon des petits déjeuners, deux tasses et une assiette de gâteaux attendent le nouveau venu et la propriétaire des lieux, preuve que le coup monté en était bien un, mon cher Watson. Il n'était même pas envisageable de dire non à la proposition de Maryse.

— Je vous montrerai votre nouvelle chambre après. Mettez-vous à l'aise.

Le temps qu'Antoine pose sac de reportage et blouson, l'inquisitrice est de retour, une théière fumante en mains.

— Alors comme ça votre victime serait morte noyée par la marée montante, s'exclame Maryse horrifiée. Y'aurait des monstres autour de nous et on le saurait même pas ! Et comme je vous connais, vous allez chercher à les retrouver.

En quarante-huit heures le jeune homme s'est trouvé une nouvelle mère. Amusé par cette adoption expresse, il la laisse continuer, soucieux de voir comment se traduit auprès du public le message de Delphine Marchand.

— Une belle femme, la procureure et qui se laisse pas monter sur les pieds par les journalistes. Vous n'avez pas pu voir la juge d'instruction ? Si ! Et en plus vous étiez le seul à la rencontrer !

Maryse n'en revient pas d'avoir, à son tour, le reporter vedette de l'affaire du crucifié pour elle toute seule. Jamais elle n'aurait rêvé vivre pareille aventure.

— Alors c'est à l'autopsie qu'ils ont pu savoir s'il s'était noyé ou pas. On a beau dire, les techniques modernes, c'est extraordinaire. C'est sûr qu'y s'y sont mis à plusieurs pour venir le noyer sur le banc de Lamouroux ! Le pauv' monsieur Clerc. Y reprendra sûrement pas une concession à cet endroit la saison prochaine.

Antoine n'a pas besoin d'ouvrir la bouche, sinon pour déguster des triangles de pâte feuilletée, fourrés à la frangipane et recouverts de glaçage.

— C'est une tuerie votre truc Maryse. C'est vous qui fabriquez ça ?

L'hôtelière a un sourire satisfait.

— Là vous me flattez, c'est la spécialité locale que l'on trouve à Saint-Pierre. Vous avez en main un Jésuite, jeune homme. Pas spécialement recommandé pour les personnes qui souhaitent garder la ligne... Mais tel que je vous vois dévorer vous avez encore sauté un repas.

Le journaliste ne dément pas mais prétexte un peu de travail et son installation pour rejoindre au plus vite son nouveau home.

Effectivement il a grimpé de plusieurs crans dans la hiérarchie des locataires de Maryse. Sa chambre est toute blanche avec un parquet de bois clair. Le lit d'apparence très confortable doit bien faire un mètre soixante de large, une grande fenêtre ouvre sur le pont d'Oléron et l'océan. Des rideaux écrus à motifs bleu marine rappellent que l'on est au bord de la mer. Un bureau en chêne, à l'ancienne, avec ses trois tiroirs va lui permettre de travailler dans de bonnes conditions. Cette fois il va pouvoir vider sa valise. Le voilà installé pour quelques temps.

À peine achevée l'opération rangement il envisage de reprendre contact avec Pam. La porte donne une illusion d'intimité mais, après tout, ils n'ont pas encore de secrets à échanger avec Maryse. Et puis s'installer devant le coucher de soleil qui colore des nuages déchirés par le vent, c'est somptueux.

***

Dès la troisième sonnerie le major de Saint-Agnant décroche.

— Excuse-moi Antoine, je te laisse patienter deux minutes et je suis à toi.

Le jeune homme entend son interlocuteur pianoter quelques minutes avant de le récupérer.

— Félicitations, lui lance Antoine. Te voilà directeur d'enquête. Tes collègues de Poitiers n'ont pas l'intention de venir passer Noël sur le banc de Lamouroux pour élucider un meurtre spectaculaire certes, mais qui ne met pas en émoi toute une région.

— Il n'a pas mis Oléron en émoi, c'est vrai. En revanche tes collègues des télés et radios se sont jetés dessus comme des morts de faim. Merci Delphine Marchand. Quand j'ai suivi sa conférence de presse, j'ai compris que mon après-midi était foutu. En moins de deux heures et quart ils étaient chez moi. Il y a des points de permis qui vont sauter.

— Et tu as parlé à tout le monde ?

— Le plus simple était de le faire tout de suite sinon ils auraient fait le siège de la gendarmerie. Je leur ai raconté une nouvelle fois la découverte du corps, le visage détruit par les prédateurs, les vêtements qui n'étaient pas ceux d'un ostréiculteur, enfin rien de nouveau sous le soleil, simplement ils avaient un gendarme à l'écran. Pour eux, c'était vivant et vrai. En revanche, je n'ai pas donné le nom de l'ostréiculteur, mais ils ne repartiront pas de Marennes sans que quelqu'un les mette sur la piste de Chaillevette. Ton ami n'a plus qu'une nuit de tranquillité avant l'arrivée de la meute.

— Je serais curieux de voir comment il passe à la télé. Je l'imagine bien dans une fiction sociale tenir le rôle de celui qui ne compose pas avec la vérité.

— Tu veux dire qu'il est capable de devenir violent pour défendre ses idées ? s'inquiète le major.

— Du coup tu te demandes si tu ne vas pas le remettre dans la colonne des auteurs potentiels ?

— Attends, d'après ce que tu m'as dit, voilà un type qui te donne rendez-vous le samedi pour le lundi, alors que le crime est sans doute déjà commis. Il t'embarque pour aller se faire filmer en direct, épouvanté par le meurtre qu'il découvre. C'est quand même vachement original pour se mettre hors de cause.

— Simplement j'ai toujours entendu dire qu'il fallait trouver le mobile avant de coffrer l'auteur. Tu as quoi comme mobile ?

— Objection recevable, de toute façon il faut savoir qui est le pauvre bougre qu'on a laissé pourrir au soleil. À ce moment-là, en fonction de sa personnalité, de sa qualité professionnelle on pourra identifier le mobile. Mais tu ne m'as pas parlé d'un problème de multiplication des larves dans les tubes ? Pour accéder aux rives de la Seudre il n'y a pas besoin d'équipement particulier. Et s'il a chopé le mec en train d'empoisonner les tubes, le Alain a pu attraper un coup de sang, balancer le mec sur son bateau et aller le noyer sur ses tables.

— Bien raisonné major. Et tu penses qu'il a choisi ses tables pour être encore plus insoupçonnable et ma pomme parce que je suis innocent comme l'oiseau qui tète ? s'amuse Antoine.

— Comme rien n'a bougé après le meurtre, il pense avoir commis le crime parfait et n'a plus qu'à trouver le témoin qui va l'innocenter.

— Superbe démonstration major. C'est ballot, je me voyais bien finir l'année à Bourcefranc-le-Chapus câliné par Maryse Doléron.

— Parce que c'est chez elle que tu as posé tes valises ?

— Tu la connais personnellement ?

— Non, mais j'en ai beaucoup entendu parler. Elle travaillait à une époque de sa vie dans des bars de nuit et forcément, dans la police judiciaire, on a besoin de renseignements… Mais il y a prescription.

— En tout cas je peux te dire qu'elle est à fond dans l'enquête depuis que mon sujet est passé à la télé.

— Je ne t'ai pas revu depuis, mais je l'ai trouvé très bien ton reportage, informatif, respectueux, avec de belles images qui donnent envie de passer le week-end à Oléron…

— Il faisait beau, je n'ai pas beaucoup de mérite. Mais je suppose que tu as été briefé par la proc' et la juge d'instruction toi aussi. Alors, on la joue comment cette enquête ?

Pam s'est accordé un temps de réflexion avant de répondre. L'espace d'un instant il a revu le petit judoka teigneux qu'il a entraîné autrefois. Le gamin ne voulait jamais rien lâcher quitte à sortir à bout de souffle du tatami. Il imagine que le journaliste doit être aussi accrocheur, en particulier avec un tel sujet. Il a tout intérêt à lui faire sentir qu'il occupe une place à part dans l'enquête.

— Écoute, tu as une journée d'avance et une nuit de réflexion de plus que tes collègues et que les enquêteurs dans ce dossier. Néanmoins tu es tout seul. Alors je vais jouer franc jeu avec toi. Enquête, mais ne prends pas d'initiatives qui puisse te mettre en danger. Ces gens-là sont peut-être dangereux…

— Parce que ce n'est pas Alain l'assassin ?

Le major a un petit rire nerveux.

— Si c'était le cas, on pourrait envisager un Noël peinard.

— Dommage, tu m'avais quasiment convaincu. Mais revenons à notre « collaboration ».

— Oui, en accord avec les autorités judiciaires, je te propose le contrat suivant. Lorsque tu penses avoir trouvé un élément nouveau, prends contact, soumets-le-moi et pose les questions qu'il soulève. J'y répondrai dans la mesure où l'avancée de l'enquête le permettra. Mais je ne peux pas m'engager à te communiquer des informations autres que ce que les juges nous autoriseront à révéler dans le cadre des points presse. Ça te convient ?

Pam imagine la moue du jeune journaliste au bout du fil.

— Évidemment non, je trouve ça très insuffisant, mais si on peut envisager de déjeuner ensemble de temps en temps peut-être que la pilule aura plus de facilité à passer.

— D'accord mais ce sera pour parler de judo et de Châteauroux.

— Bon alors, je lui dis quoi, à Alain ?

— …

— Qu'il recherche une destination lointaine pour échapper à tes sbires ou qu'il ne change rien à son programme délirant des marchés de Noël ?

— Je ne te dirai rien tant que je n'aurai pas identifié le crucifié.

— Si notre ostréiculteur fait une crise cardiaque, l'action de la justice sera éteinte et j'aurai raté la plus belle enquête de ma vie.

VII

À Boyardville, les bars, glaciers et restaurants se bousculent allée des Acacias, en bordure du port de plaisance, et ne désemplissent pas en saison. Les flots touristiques suivent le canal de Perrotine en aval pour rejoindre la plage d'où, en plus de la perspective de bains de mer sans risque, le coup d'œil sur Fort Boyard est garanti. En amont du port, on peut traverser le canal pour rejoindre Fort Royer où les petites cabanes multicolores éparpillées aux milieux des claires sont autant de temples de la connaissance ostréicole. Les clients d'Alexis Cormarin n'ont pas besoin de voir la mer pour jubiler. Au Boyarturf, avenue des Albatros, près de la Poste, on ne parie pas (encore) sur les courses à la voile. C'est le vert qui domine sur l'écran grand format où se succèdent les épreuves. Trot attelé, monté, galop, obstacles, qu'importe le format pourvu qu'on ait la combinaison gagnante. Cette clientèle d'accros du turf lui convient bien. En fait, entre les drogués des courses et ceux de la cigarette, il règne sur une clientèle captive et son activité de cabaretier devient presque accessoire. C'est le changement auquel aspirait Alexis après avoir tenu pendant près de vingt ans un routier sur la D137 à la sortie de Saintes. Après la tension du service continu, les coups de gueule des routiers, les nuits sans sommeil... Oléron. L'activité soutenue de l'été est facilement absorbée par un serveur supplémentaire. Le reste de l'année, pour Nicole et lui, tenir le Boyarturf s'apparente à une préretraite même s'il faut être ouvert six jours sur sept.

La retraite, Alexis Cormarin pourrait la prendre. Il va passer le cap des 70 ans au mois de juin prochain et, prudent, n'a pas dépensé tous les sous accumulés lors de la période faste du relais routier. Pourtant, né dans un commerce, il ne se voit pas réduit à l'inaction. Et puis où se retrouveraient ses amis politiques s'il fermait boutique ?

Le café épicerie familial d'Alexis, de l'autre côté de la grande bleue, à Oran, servit de décor à son enfance. Ses parents, Albert et Solange, ne faisaient pas de différence entre les européens et les « bougnoules » à partir du moment où ils avaient de quoi payer, mais à condition évidemment que les arabes sachent où était leur place. Le cœur d'Albert penchait bien entendu du côté de l'OAS. En 62, après la signature des accords d'Évian, les commerçants arabes passaient régulièrement voir s'il était disposé à céder son épicerie. Albert les renvoyait sèchement, pensant pouvoir rester en Algérie après l'indépendance. Et puis il y avait eu le massacre du 5 juillet, deux jours après la reconnaissance officielle de l'indépendance. Les soldats de l'ALN avaient ouvert le feu sur la place d'armes, déclenchant un massacre faisant plus de trois cents morts dans la population européenne, et autant de disparus. Ce jour-là, Albert comprend que l'OAS ne pourra rien pour lui. Il n'a d'autre choix que de brader son magasin et sauter dans le bateau qui les amènera, lui et sa famille, en métropole. Aucun Cormarin n'y a jamais mis les pieds depuis l'arrivée de leurs ancêtres en Algérie au milieu du XIXe siècle.

Alexis Cormarin ressasse sa condition de pied-noir ulcéré de l'accueil reçu à la fin de la guerre d'Algérie, outragé du statut de Français de deuxième classe attribué par les lâches qui ont permis que la patrie soit amputée. Avec sa réussite sociale, le petit homme au crin noir, crâne dégarni, yeux vifs et petite moustache rappelant au choix Chaplin ou Adolphe, efface cette tache originelle, mais sa revanche ne viendra qu'avec l'installation d'un pouvoir fort qui balayera les héritiers des bradeurs de l'Algérie.

Et ce n'est pas Martine, rencontrée sur les bancs du lycée qui risque de le faire changer d'avis. Dans sa famille bordelaise on a le culte du Maréchal et du pouvoir autoritaire envers et contre tout. Alexis rigole un peu lorsque sa fiancée passe en uniforme bleu marine, béret et foulard, encadrant les louveteaux, mais elle est d'une nature généreuse, capable de faire voler l'uniforme quand la nature le commande. Ils se marient, ont des enfants mais un rituel rythme leur vie. Le 23 juillet est jour de fermeture pour Boyarturf comme il l'était pour le routier, quel que soit le jour de la semaine. Ce jour-là, Alexis et Martine sautent en voiture dès l'aube, montent à Saint-Gilles-Croix-de-Vie, souvent accompagnés de Jacinthe et Louis, leurs enfants, pour aller se recueillir sur la tombe du Maréchal à Port Joinville, sur l'Île d'Yeu.

Alexis fut un temps responsable du parti à la flamme tricolore, avec lequel lui et ses amis ont toutefois pris leurs distances depuis le changement de nom, un peu trop à gauche. Alexis n'est ni raciste ni misogyne, mais préférait tout de même Le Pen conjugué au masculin.

Exceptionnellement, ce matin-là, la lecture de Sud-Ouest ne se réduit pas à la rubrique hippique. Sur le comptoir de presque bois exotique renforcé de ferrures décoratives en quasi cuivre, un client, Sébastien, prend connaissance de « l'affaire », prolongement papier des révélations de la télé.

— J'avais raté le 20h mais je l'ai retrouvé en replay. J'arrive pas à croire qu'un ostréiculteur ait pu faire ça à un collègue. Tu le connais Alexis, le gars que l'on voit sur le film ?

— Jamais entendu parler. Les gars de Chaillevette ne viennent ici que s'ils ont des tables sur Oléron. En tout cas ça lui a fait un coup, c'est sûr, mais un truc pareil devrait lui attirer de nouveaux clients. Moi, je serais lui, je créerais une bourriche spéciale « L'huître rouge de Lamouroux », ça devrait faire un tabac dans les brasseries à Paris.

Un éclat de rire général salue la sortie du patron qui offre, dans la foulée, une tournée de bocks aux six habitués qui attendent le départ d'un attelé avec dix-huit partants sur l'hippodrome de Mauquenchy copieusement arrosé par de lourds nuages noirs.

— On a beau dire, la Normandie c'est quand même un pays pourri, apprécie Sébastien, qui perd d'un seul coup son éventuel auditoire puisque le starter a libéré les trotteurs.

— T'as raison Seb, réagit après-coup Alexis. Ça vient pas d'chez nous. Et sûrement pas de Boyardville. Tu imagines les gars charger leur prisonnier sur une embarcation, attendre l'ouverture du bassin à flots et descendre le Chenal de la Perrotine ! Bonjour la discrétion. Les gendarmes n'ont rien dit, mais peut-être qu'ils ont identifié le bateau qui est allé à Lamouroux. Y pouvait bien venir de Tataouine d'ailleurs. Avec le pénitencier de Saint-Martin de Ré, La Rochelle ne manque pas de crapules prêtes au pire pour cacher leurs trafics en tous genres.

La course est terminée et un autre turfiste se mêle à la discussion.

— On m'a dit que des bateaux de pêche étrangers relâchent régulièrement dans les ports de l'Île.

— Où ça ? À Ré ?

— Non, non, chez nous. Ils viendraient du Portugal et à l'occasion des pleins de carburants et sorties ravitaillement, ils alimenteraient des réseaux de revendeurs de leur merde… et de cigarettes.

L'œil noir du patron lui fait comprendre qu'il a touché un point sensible. Prenant son plus bel accent pied-noir, Alexis lance une mise au point définitive.

— Si un badjoc a l'idée de sortir une cigarette de contrebande dans mon bar, ce sera son dernier passage au Boyarturf !

— En même temps, comme on n'a pas le droit de fumer dans l'établissement, rigole Sébastien, tu risques pas de perdre beaucoup de clients.

Mais Alexis poursuit son raisonnement sur les supposés trafics des éventuels marins portugais.

— S'ils ne relâchent pas chez nous où ils vont ? La Cotinière doit être un peu trop surveillée. À mon avis, le plus discret, c'est Saint-Denis. Ils font leurs petites affaires et, ni vu ni connu, se retrouvent en haute mer.

L'auto-persuasion est le meilleur des neuroleptiques. Au terme de son analyse, Alexis a retrouvé le sourire et, torchon en main, bichonne ses verres à bière qu'il aligne précautionneusement sur les tablettes en verre fumé du bar. Martine n'y a pas laissé un soupçon de poussière ce matin.

— Je pensais, Seb, reprend le buraloturfiste, tu les as vus toi, les Portugais ?

— Non, mais ça fait un moment qu'on en entend parler. Y doit bien y'avoir du vrai là-dedans.

— On n'a pas de comité de vigilance là-haut ?

— Adam avait quelques gars autour de lui, tu veux qu'on leur demande de faire des rondes ?

— Non, non, mais d'ouvrir l'œil, j'aime pas quand on apprend par d'autres ce qui se passe chez nous, nom de dieu.

***

La conversation baisse d'un ton lorsqu'Antoine pousse la porte du Boyarturf. Maryse lui a donné le tuyau. Elle a eu l'occasion de faire quelques remplacements au routier de la route de Saintes et sait à quoi s'en tenir à propos des restaurateurs. Ils bossaient dur, mais ne cachaient pas qu'ils étaient là pour gagner le plus d'argent, le plus vite possible et que tous ceux qui envisageaient les choses autrement n'étaient que des profiteurs qu'il fallait mettre au pas. Le « coup de pied au cul » pour ceux qui étaient invités à prendre la porte, chez eux, c'était du premier degré. La réputation des Cormarin est faite sur l'Île d'Oléron et si la victime de l'exécution est un étranger c'est auprès de ces gens-là qu'il faut laisser traîner les oreilles. Pour le moment le journaliste a juste besoin d'une mousse bien fraîche mais le journal ouvert sur le comptoir lui offre l'occasion d'engager la discussion.

— Dites donc, c'est sportif la pêche aux huîtres chez vous. Vous pouvez me mettre une pression... de bière je veux dire. J'ai fait un peu de judo dans ma jeunesse, mais j'ai beaucoup perdu depuis.

Aux regards qui accueillent ses provocations le journaliste comprend qu'il vaut peut-être mieux oublier le second degré.

— Toi mon gars tu viens de cocher deux fois la case chance, répond le patron. La première c'est d'arriver avant la meute nous les briser. La seconde c'est que j'ai horreur de gâcher le produit. Alors tu avales ton verre et tu dégages.

Le cercle des habitués s'est resserré autour d'Antoine qui peut enregistrer les physionomies des fidèles d'Alexis Cormarin. Effectivement il a dû y aller un peu fort, car ce qu'il voit dans ces visages c'est la haine à l'état brut.

— Ici, on est chez nous, le prévient Sébastien, que le journaliste imagine être le bras droit du patron dans leur groupuscule politique. Et si vous vous croyez chez vous parce que vous y venez en vacances vous vous gourez. Disneyoléron n'existe pas encore et c'est pas demain la veille. Alors tes remarques à la con tu peux te les carrer où je pense, mais fais fissa. Les curieux de ton genre, on n'aime pas trop les voir rôder autour de nous.

Antoine se dit que s'il bat en retraite comme on l'y incite fermement il ne pourra plus remettre les pieds au Boyarturf. Or il a le pressentiment que ce bar, fréquenté essentiellement par des locaux est un lieu où il devra revenir pour son enquête.

— Bon, on oublie tout, les gars. J'ai voulu faire de l'humour sans penser que ce fait-divers vous avait à ce point traumatisés. Patron ! Vous remettez une tournée ?

Sébastien et Alexis ont décliné l'offre, Antoine s'est acheté cinq nouveaux amis avec lesquels il évite de reparler de l'affaire.

— Je suis pour quelques jours sur Oléron. Pouvez-vous me donner quelques adresses où trouver du pineau authentique ?

Évidemment les cinq interlocuteurs ont dans leur entourage un artisan qui ne triche pas avec le produit, mais finissent par reconnaître qu'un pineau cinq ans d'âge vieilli en fût sur l'Île de Ré « Heure d'Été » domine les productions d'Oléron.

— Là c'est un pineau de fête, assure l'un des turfistes. Du pineau, on en boit à l'apéro, quand il fait pas trop chaud, mais c'est surtout un truc pour touristes.

Le tour est joué, il va pouvoir passer la marche arrière en moins mauvaise posture qu'un quart d'heure plus tôt. Il a vérifié que le Boyarturf était bien le repère de « patriotes » qu'on lui avait décrit. De là à ce que l'on projette, sur l'écran dédié aux courses de chevaux, une vidéo de la mise à mort du crucifié de Lamouroux, il ne fallait pas rêver non plus.

— Si vous cherchez un port à magouilles, montez-voir à Saint-Denis, lui lance une voix indéterminée alors qu'il referme la porte.

VIII

Anton Dukinanko est né à Lougansk en 1988. Un petit soviétique, donc. Un peu jeune tout de même pour se souvenir de l'époque où l'Ukraine et la Russie marchaient main dans la main. Plus exactement la main de la petite Ukraine soigneusement serrée par la poigne russe. Il a vingt-quatre ans lorsque les russophones du Dombas décident, après l'annexion de la Crimée par Poutine, de faire sécession. Un ami lui propose opportunément de quitter la région et lui trouve une place chez Brig, célèbre constructeur de bateaux semi-rigides à Kharkiv. Tout va bien pour lui, même si les évènements, à la frontière de l'est, où vit toujours une partie de sa famille, lui donnent parfois mauvaise conscience.

Pour trouver une épouse, il n'a eu qu'à pousser la porte de sa banque. Mylia, jolie conseillère bancaire, s'occupait de son compte. Il lui a compté fleurette. Anton a obtenu un prêt avantageux de son bienfaiteur et le couple s'installe dans le confortable appartement du nouveau quartier de Velyka. Les naissances de deux enfants viennent leur faire oublier que leur bonheur familial ne restera pas éternellement à l'abri de la furie des hommes.

En février 2022, la navigation de plaisance n'est plus la préoccupation première des Ukrainiens et l'avancée russe entraîne la fermeture du chantier Brig. Anton comprend que les trois amours de sa vie ne peuvent pas attendre que les Russes achèvent de régler leur artillerie sur les immeubles de Velyka.

Il fait monter Mylia et les petits dans le break Renault rempli à ras bord de vêtements, accessoires divers, souvenirs de famille et prend la route de l'exode, comme des milliers d'autres habitants que les autorités appellent à se replier vers l'ouest. Le voyage est stressant. Il leur faut pratiquement une journée pour rejoindre Poltava, chaque blocage accentuant l'impression d'être une proie captive pour les bombardements. Il y vérifie l'aphorisme « Être comme un Suédois à Poltava » lointain souvenir d'une cuisante défaite de l'armée suédoise face aux Russes (tiens déjà eux !).

Une journée plus tard ils parviennent à Cherkasi. S'ils avaient eu le cœur à la poésie, ils auraient sûrement apprécié le coup d'œil sur l'immense forêt de pins sous la neige. Là, cette neige contribue surtout à produire des embouteillages géants. Puis c'est Khmelnytskyï, l'ancienne capitale des cosaques. Elle a poussé comme un champignon depuis la fin de la guerre, passant de 15 000 habitants (les pogroms et la solution finale allemande avaient anéanti la moitié de sa population) à près de 300.000, enfin, avant l'exode.

Lviv aurait pu être une destination de vacances. Mylia n'y avait jamais mis les pieds. Exit sa richesse architecturale, la grande ville de l'ouest a surtout l'avantage de se trouver à soixante-dix kilomètres de la frontière polonaise. Soixante-dix kilomètres, ce n'est rien, mais lorsque douaniers et policiers doivent tenter de réguler le passage de millions de réfugiés, bloqués dans le froid, c'est insupportable. Mylia n'a plus de solution pour faire patienter les enfants et il faut couper le moteur de la voiture pour éviter d'en siphonner le réservoir. Alors elle les équipe chaudement et ils partent courir dans la neige. Une heure plus tard, Anton n'a avancé que de quelques dizaines de mètres, poussant sa voiture pour se réchauffer. Il leur faut cinq jours pour traverser le pays et se retrouver en Pologne. Là, la vie de la famille Dukinanko explose. Anton laisse Mylia conduire leurs enfants vers la paix et s'en retourne, dans un train pratiquement vide, vers Kharkiv, vers la guerre.

Mylia poursuit l'exode à travers l'Allemagne. Prise en charge par la Croix Rouge elle fait un court séjour en Suisse avant de rejoindre la France. Pourquoi la France ? Elle gardait un souvenir inoubliable de Paris où lycéenne elle s'était rendue avec sa classe lors d'un voyage organisé par l'Alliance Française. Elle ne pensait pas à l'époque que ses quelques notions de français scolaire lui serviraient un jour à survivre loin de sa patrie. Après avoir été ballotée d'hébergements d'urgence en centres d'accueil, un des multiples organismes d'aide aux réfugiés ukrainiens l'oriente vers une association d'insertion par le logement. À défaut de revoir Paris, elle se retrouve en septembre dans un pavillon d'un village de vacances, au bord de la mer. Une situation enviable, le logement est bien équipé, le site reposant. Trois autres familles apportent un peu d'animation à ce lieu désert en dehors des périodes de congés. Inscrits dans l'établissement scolaire de la commune voisine, Lylia et Viktor apprennent le français par immersion pendant que leur mère suit des cours pour adultes. Une formation obligatoire pour conserver ses droits de réfugiée, à laquelle elle se plie d'autant plus facilement que sa pratique de la langue anglaise lui permet de communiquer plus facilement avec les enseignants.

À Kharkiv, Anton a répondu à l'ordre de mobilisation. À 34 ans, sans être un athlète il est un solide gaillard, habitué au travail manuel. Avec sa tête ronde au visage glabre et aux cheveux très courts, posée sur de larges épaules, habillé d'un treillis de camouflage et armé d'une mitraillette, il inspire le respect. Il a subi avec ses camarades les premiers assauts de l'armée russe et appris à décrocher, soumis aux bombardements de l'aviation triomphante des envahisseurs. Passée la sidération des premières semaines, les défenses antiaériennes ont cassé du bombardier et fait réfléchir les Russes. Leurs blindés se sont embouteillés derrière les premières épaves immobilisées dans les faubourgs de Kharkiv et malgré les bombardements continus réduisant sa ville à un amas de ruines, son moral ne flanche pas. Lors des relèves, à l'arrière du front, il peut entrer en contact avec Mylia. Il la rassure comme il peut, l'amuse des bons mots des tranchées, de la solidarité des nouveaux combattants, qui oublient la guerre en se régalant de pierogis et de bortsch qui n'ont souvent qu'un lointain rapport avec les fondements de la cuisine ukrainienne. Son épouse répertorie tous les faits et gestes des petits. À partir de septembre, il n'ignore rien des techniques de pêche aux crabes sur le plateau de roche calcaire découvert à marée basse.

Anton passe sous silence les camarades disparus entre deux rendez-vous téléphoniques et Mylia oublie les contrariétés liées à sa méconnaissance de la langue qui l'empêchent de se faire comprendre ou de lier simplement contact avec les mamans de l'école. Huit mois de séparation sans promesse de permission, c'est long.

Et puis Anton rate un premier rendez-vous téléphonique, puis un deuxième. Mylia panique, incapable de trouver un interlocuteur pour lui dire ce qu'est devenu le combattant Dukinanko. Quinze jours plus tard, alors qu'elle a de plus en plus de mal à lutter contre la perspective du veuvage, la voix d'Anton lui revient. Enfin ! Une voix affaiblie, hésitante, essoufflée. L'échange est bref, suffisant pour qu'elle comprenne que son Anton est désormais loin des lignes, dans un hôpital de campagne. Un éclat d'obus a manqué le cœur de justesse, endommageant un poumon. Après plusieurs jours de coma il s'est réveillé avec des tuyaux un peu partout et ce n'est qu'au bout d'une semaine qu'il a pu récupérer un peu d'autonomie. Il n'a pas le droit de lui dire où il est, pas question de recevoir des visites. Mais il est vivant. Vivant !

Égoïstement Mylia songe également que cette blessure l'éloigne, un peu, de la guerre, même si les hôpitaux ne constituent plus, dans cette mêlée furieuse, des sanctuaires interdits aux missiles à longue portée.

Les échanges téléphoniques deviennent plus réguliers, la crainte que le combattant se fasse repérer par les Russes n'existe plus, même les enfants ont le droit de parler à leur papa. La robuste constitution d'Anton lui permet de recouvrer, en un peu plus d'un mois, une respiration normale. Désormais c'est la perspective de retour au combat qui terrifie la jeune maman. Cet éclat d'obus lui a rappelé que son héros n'est pas à l'abri d'un destin cruel. Le glorieux sacrifice, que promet Poutine aux enfants des mères russes, n'est pas une option pour Mylia qui n'envisageait qu'une solution : un Anton vivant dans une Ukraine libre.

Anton non plus n'est plus le même, depuis cette blessure. Quelque part, il a le sentiment d'avoir donné un peu de sa vie à sa patrie et remboursé une dette secrète. Dans les tranchées, l'esprit de corps permet d'oublier que l'on vit dans des conditions inhumaines, conduit à risquer sa vie pour sauver son voisin de la mort. Mais le héros reste dans la tranchée et le blessé de guerre redevient un homme qui doute. Un homme hanté dans son sommeil par les drames qu'il a vécus par procuration et dont il devient l'acteur. Personne ne s'épanouit dans l'horreur et lorsque le hasard et la chance vous tirent, même abîmé, du bourbier, bien peu songent, de gaité de cœur, à y remettre les pieds.

La petite musique s'est installée dans la tête d'Anton. Était-il indispensable qu'il meure pour l'Ukraine ? Ne serait-il pas plus utile auprès de sa femme et ses enfants ? Comme il a enjolivé la réalité, il est persuadé que Mylia, de son côté, en a fait autant. Il faut absolument qu'il sache, quitte, après, rassuré, à revenir se battre.

Cette petite musique lui a donné la force de travailler encore plus dur à sa rééducation. Pas pour retourner au front. Il élabore le projet fou d'aller survivre à l'ouest sans en demander à personne l'autorisation. Au mois de novembre, au moment où les premières neiges recouvrent le sol de l'Ukraine, il a été déclaré bon pour le service et bénéficia de deux semaines de permission.

Mylia, Lylia et Viktor lui manquent trop. Sa décision est prise.

IX

À son retour de Boyardville Antoine réussit à passer inaperçu en regagnant sa chambre afin de procéder à une revue de presse des dernières vingt-quatre heures. Ses confrères ont tiré les sonnettes mais, étonnamment, persuadés sans doute que cette affaire ostréicole ne concerne que la localité de Marennes, ils n'ont pas eu la curiosité de passer le pont. Le président du comité régional de conchyliculture, mis à contribution, évacue rapidement le fait divers pour parler des enjeux économiques de son secteur d'activité. Il s'offre un petit succès sur les télés en faisant la promotion des produits dérivés des coquilles d'huîtres qui finissent en assiettes à huîtres, logique, semelles de chaussures, montures de lunettes, plus inattendu, ou, encore plus « connectant » pour un journaliste high-tech, en fil pour imprimante 3D !

Enfin, au milieu de tout ça, pas de trace du camarade Alain. Soit Pam a perdu son pari, soit l'ostréiculteur a cherché à rattraper sa journée gâchée sur le banc de Lamouroux en vendant au plus offrant l'exclusivité de ses déclarations.

En tout cas aucune nouvelle révélation n'a filtré dans les médias, qu'ils soient écrits, parlés ou télévisés, le voilà rassuré. Seul Sud-Ouest a fait jouer son réseau de correspondants pour obtenir des réactions d'élus locaux. Ces derniers dans un bel ensemble affirment que ce malheureux fait-divers ne reflète en rien le climat particulièrement paisible de leurs cités. Il ne s'agit pas d'affoler les touristes, même si la réaction au sensationnel passée, ils auront largement le temps d'oublier le crucifié avant que ne reviennent les beaux jours.

Lorsqu'il traverse le hall pour aller chercher un endroit où dîner, Antoine croise Maryse plongée dans la lecture d'un hebdomadaire faisant la part belle à l'illustration.

— Il est formidable votre reportage. S'il n'y avait pas un mort au milieu vous pourriez le vendre à l'office de tourisme. J'ai rarement vu d'aussi jolies photos des parcs… et les combinaisons blanches sur fond bleu…

— Oui on dirait les rideaux de ma chambre, à l'envers !

Le journaliste éclate de rire mais remercie son hôtesse pour le confort de sa nouvelle installation.

— Pouvez-vous m'indiquer une adresse à Marennes où l'on trouve une cuisine authentique, sans passer par le plateau de fruits de mer ou les moules sous toutes leurs formes ?

— Là jeune homme vous êtes un peu exigeant, mais sans avoir l'air de vous kidnapper (un peu quand même !) je vous invite à partager mon dîner.

Entre le risque de tomber en dépendance et l'agrément de n'avoir qu'à se remettre les pieds sous la table, Antoine choisit la sédentarité. Le tuyau sur le Boyarturf était fiable, il a certainement beaucoup à apprendre à

Bourcefranc-le-Chapus, surtout depuis les informations de Pam sur le passé de l'hôtelière.

Il suit Maryse dans la grande pièce à vivre qui jouxte le salon. Une cuisine toute blanche occupe deux murs de la pièce dont l'un percé d'une large fenêtre ouvrant vers la mer. Fenêtre qui éclaire un large plan de travail et un évier à deux bacs équipé d'un robinet sophistiqué comprenant l'indispensable douchette à légumes. Pas de table bien sûr, mais un îlot central et des hauts tabourets pouvant accueillir six personnes dans les odeurs de cuisine tout juste filtrées par une hotte.

— Vous ne vouliez ni huîtres ni fruits de mer, annonce Maryse en sortant du four un large plat de terre cuite, je vous fais goûter un mets du soir.

— Si je comprends bien, l'invitation était préméditée.

— Pas du tout, c'est de la cuisine que l'on peut réchauffer. Je prépare pour plusieurs jours, ça peut faire un plat principal de dîner, l'accompagnement de légumes d'une viande ou d'un poisson. C'est une embeurrée de chou.

Les feuilles de chou écrasées, bien brillantes de beurre fondu, entourées d'une frise de demi-pommes de terre cuites à l'étouffée constituent un plat roboratif idéal pour lutter contre la fraîcheur hivernale. Antoine ne se fait pas prier pour goûter une spécialité charentaise qu'il décrira lorsqu'il aura bouclé son enquête et reviendra à ses papiers touristiques et culinaires.

— Vous aimez, demande l'hôtesse, sûre de son fait. C'est vraiment tout simple à préparer. Si j'avais lancé une vraie invitation je vous aurais sans doute cuisiné une *bouilliture* d'anguilles[1]. Mais là, il faut s'y prendre à l'avance car les anguilles doivent mariner vingt-quatre heures dans le vin rouge. Moi j'y ajoute un petit verre de cognac…

Vous avez remarqué vous aussi à quel point, autour d'une table, passées les quelques secondes d'attention récompensant l'effort de la cuisinière, les convives dissertent systématiquement sur un autre plat, ou passent carrément à l'étude comparée de restaurants dont la cuisine n'a rien à voir avec ce qu'ils dégustent. Preuve qu'en matière de gourmandise l'appétit des Français est irrassasiable. Enfin, là, c'est la cuisinière qui squeeze toute seule sa cuisine en faisant les demandes et les réponses. À propos de demandes, la question attendue par le journaliste ne tarde pas.

— Au fait, vous l'avez trouvé le bar tabac de mon ancien patron ?

Le jeune homme s'offre une représentation théâtralisée des quelques minutes passées au milieu des sympathiques compagnons du pré-retraité de Boyardville, concluant avec bonne humeur…

— Un vrai bonheur ce Cormarin, une réelle proximité avec l'oursin !

— Piquant et impitoyable avec ceux qui ne partagent pas ses convictions, qu'elles soient politiques ou économiques. Le récit de votre rencontre confirme qu'il ne s'est pas radouci au fil des années.

1. *Bouilliture* d'anguilles : anguille marinée et cuite au court-bouillon.

— S'il est mêlé de près ou de loin à cette histoire vous pencheriez pour des raisons politiques ou économiques ?

— La politique fait gesticuler, mais lorsqu'il y a de l'argent en jeu c'est autre chose. Disons qu'il est capable d'utiliser des militants qui ont rejoint l'ultra droite parce qu'on y privilégie l'action plutôt que la réflexion. Il suffit de mettre une justification pseudo politique pour faire défendre ses intérêts privés par ces crânes vides et rasés.

— Il était déjà comme ça dans son restaurant routier ?

— Il y a beaucoup appris. Quand on tient ce type de commerce et que les affaires marchent bien, la pègre ne tarde pas à s'intéresser à votre tiroir-caisse et, pour assurer votre « sécurité », prélève chaque mois son écot. Alors, soit vous payez, soit de grosses bagarres très destructrices éclatent dans votre établissement. Cormarin a commencé par payer et, lorsque les tarifs sont devenus prohibitifs, il s'est doté de son propre service sécurité. À mon avis il n'a jamais coupé les ponts avec ses gros bras.

— Autrement dit, son officine d'extrême droite est une arme à double détente. En premier lieu le crucifié de Lamouroux est la victime expiatoire d'une affaire de gros sous. Ensuite, le caractère spectaculaire de son exécution informe ceux qui en douteraient encore sur l'efficacité avec laquelle le territoire d'Oléron est défendu. J'en suis à la deuxième hypothèse pertinente en deux jours pour expliquer le meurtre. Reste à trouver les preuves qui confirmeront cette hypothèse. Au Boyarturf on m'a aussi conseillé d'aller traîner mes guêtres du côté de Saint-Denis. L'endroit est réputé pour être un lieu de deal ?

— Si vous connaissiez Saint-Denis en hiver l'idée ne vous aurait même pas effleuré. L'été seul le pont de la plupart des bateaux est utilisé... pour prendre l'apéritif. Alors, la navigation de plaisance le reste de l'année, oubliez.

— Mais un endroit aussi tranquille pourrait servir à débarquer de la marchandise de contrebande.

— À condition que votre embarcation ne soit pas détectée par la surveillance maritime. Cela dit, placé au bout de l'île, le port de Saint-Denis permet de regagner rapidement la haute mer.

— Il va falloir que j'aille y jeter un coup d'œil.

— Si vous ne voulez pas faire une descente genre gros sabots, je vous conseille de laisser votre voiture à Saint-Pierre. On y trouve facilement des vélos électriques à louer. À cette saison les touristes à bicyclette et les randonneurs sont à peu près les seuls sur la côte. Vous passerez davantage inaperçu.

***

De retour dans sa chambre le journaliste appelle son « agent traitant ». Pam n'est pas censé lui donner de détails sur l'enquête, mais au détour de la conversation peut-être pourrait-il lui lâcher de quoi avancer. Il n'a pas encore de fil à tirer. Et son ancien prof de judo doit avoir le sentiment qu'il se plie strictement aux directives de la juge d'instruction.

— Tu ne lâches jamais rien Antoine. Tu as vu l'heure ? Moi, gendarme, c'est un métier et ma femme apprécie de me voir oublier la gendarmerie lorsque je rentre à la maison.

— Excuse-moi, je pensais que l'on était gendarme vingt-quatre heures sur vingt-quatre.

— Tu m'appelles pour me dire que tu as trouvé qui est le crucifié et me donner le nom de son assassin ?

— C'est petit Pam, mais si tu me donnes l'un des deux je prends. Non sérieusement je voulais te mettre au courant de mes pérégrinations sur l'île. Tu connais le Boyarturf ?

— Avec un nom comme ça il doit s'agir d'un endroit où l'on parie sur les courses hippiques du côté de Boyarville. Pourquoi ?

Le journaliste fait profiter au gendarme du tuyau de Maryse et lui décrit le repaire de fachos du Boyarturf.

— Tu ne connais pas ce Cormarin ? Auparavant il tenait un routier dans ton secteur.

— Je vais me renseigner auprès de mes collègues. Sur l'homme et sur les enquêtes en cours dans le secteur. Mais remonter une filière de trafiquants prend beaucoup de temps, un tout autre rythme que l'enquête criminelle. Dans le cas qui nous intéresse, ce sont les douaniers qui sont en première ligne. À partir de leurs observations et sous la direction du procureur de la République, une action conjointe peut-être mise en place. Le plus simple c'est d'intercepter les marchandises entre leur débarquement et le passage du pont. Néanmoins si le meurtre est lié à un trafic quelconque, ses auteurs vont se mettre au vert.

— À propos du mort, tu as eu d'autres détails sur l'autopsie, par rapport à ce que nous a révélé la procureure ?

Pam estime faire une fleur à son ancien élève, sans enfreindre la règle du secret de l'instruction en lui lâchant, en échange des détails sur le Boyarturf.

— Rien de particulier. Le légiste a juste repéré une cicatrice au thorax, mais qui n'a rien à voir a priori avec l'agression.

— Au fait, ta théorie sur les révélations d'Alain…

— À mon avis on ne perd rien pour attendre.

X

La bonnette du micro d'Arnold Legrand affiche en bleu marine sur fond rose « BFI34 ». Le trentenaire est dos à la mer, bleue comme le bleu de ses yeux écrirait un auteur de bluette en mal de rime, sauf que là, avec les gros nuages noirs venus de l'ouest, les flots sont gris et à défaut du tee-shirt de Brice de Nice, Arnold a enfilé la doudoune et cache ses cheveux blonds dans sa capuche. Contracté, il serre solidement son micro pour présenter sa trouvaille en exclusivité au public de sa chaîne de télé continue.

« Et bien chers amis, après de longues recherches, j'ai réussi à retrouver l'homme sans qui le "crucifié de Lamouroux" aurait purement et simplement disparu, digéré par les marées, déchiqueté par les prédateurs marins à nageoires, à pattes ou à ailes. Et c'est d'ici, mesdames et messieurs, de Chaillevette, petit village d'ostréiculteurs, qu'est parti le bateau qui a permis de repérer le corps puis de le ramener sur la terre ferme. Le patron de "La Claire", le joli nom de son embarcation, est à nos côtés et a accepté de nous raconter ce qui s'est exactement passé ce matin du 15 décembre 2022. Il s'appelle Alain, son exploitation est derrière nous, mais les tables sur lesquelles il élève ses huîtres sont pratiquement à une heure d'ici, sur le banc de sable de Lamouroux, entre la côte et le Château d'Oléron, l'un des villages de l'île. »

Au terme de cette introduction précise, Alain entre dans le champ de la caméra et le public de BFI34 va vivre la découverte du crime.

— Notre ami n'a pas souhaité que son nom soit révélé à l'antenne. Pour cet entretien, nous l'appellerons donc Alain. Il a également préféré ne pas apparaître de face sur l'écran et nous préserverons sa tranquillité en le filmant simplement de profil. Alors Alain, racontez-nous cette sortie qui restera, j'imagine, longtemps dans votre mémoire.

— Je crois que je ne pourrai plus jamais aller au Lamouroux sans avoir la vision horrible de ce que j'ai découvert ce jour-là.

Pédagogue, Arnold Legrand explique aux spectateurs la disposition des lieux, les milliers de poches d'huîtres qui achèvent leur croissance, caressées par les marées qui parcourent le Perthuis d'Antioche…

— Malheureusement les amis, s'excuse-t-il avant de redonner la parole à Alain, je ne pourrai pas vous conduire sur place. Comme vous le constatez les conditions atmosphériques sont très mauvaises, ce qui n'a rien d'exceptionnel au mois de décembre. En revanche le 15, il faisait beau Alain ?

— Les conditions étaient exceptionnelles, confirme l'ostréiculteur, c'est pour cela que j'avais décidé de rapporter un maximum de poches pour regarnir les claires afin de faire face aux commandes de Noël.

— Car vous n'allez pas tous les jours sur les parcs ?

— Nous y allons en fonction des besoins d'approvisionnement des claires, pour surveiller les parcs après les « coups de mer » et pour retourner les poches d'huîtres, mais en moyenne moins d'une fois par semaine.

— Donc ce jour-là, vous vous rendez sur place et vous faites l'abominable découverte. Pourquoi parler du « crucifié d'Oléron » ?

— Les poches d'huîtres sont accrochées aux tables avec des tendeurs équipés de crochets. Le corps était attaché par les poignets et les chevilles, donc avec les bras et les jambes tendus, en X comme on représente le martyre de Saint-André.

— Vous avez immédiatement compris qu'il était mort ?

— Quand vous passez six heures sous dix mètres d'eau vous buvez quand même une grosse tasse, réplique Alain goguenard.

— Et évidemment vous vous rendez compte qu'il s'agit d'un crime.

— Ben, les deux pieds et la première main à attacher soi-même, ça va. Le problème, c'est la deuxième main répond l'ostréiculteur, pince sans rire, un peu agacé tout de même des questions stupides du grand blond avec un micro rose.

— Et vous pensez qu'il était là depuis longtemps ?

— Je pense surtout que si je ne l'avais pas retrouvé le 15, on n'aurait pas entendu parler du crucifié, y se décomposait à chaque marée. On l'a bien vu le lendemain en y retournant avec les gendarmes, il avait déjà plus de visage. Alors, avec le coup de mer qu'on nous annonce… Peut-être des lambeaux quelque part sur la côte, mais pas un corps.

— Quand l'a-t-on attaché sur vos tables ?

— J'en sais rien, j'y étais pas. Et je peux vous dire que j'avais jamais vu un truc pareil. J'ai entendu parler de noyés retrouvés dans les parcs, traînés là par le courant. J'en ai jamais vu, ça devait pas être beau non plus. Mais là, ce visage attaqué par les oiseaux et p't'ête ben aussi les crabes…

Avec le plan de profil, Arnold ne peut offrir l'image de l'émotion d'Alain à son public, mais la voix et l'attitude de son interlocuteur doivent faire frissonner le public. Bon pour l'audience ça coco.

— Je ne vais évidemment pas vous demander de nous dire si vous avez une idée de qui a pu commettre un tel meurtre. Je suppose que si vous l'aviez su les gendarmes seraient déjà sur leur piste. En revanche, nous pouvons aider les enquêteurs en identifiant le corps. Peut-être qu'à partir de votre description un de nos millions de téléspectateurs reconnaîtra quelqu'un de son entourage qui aurait disparu dans les semaines qui viennent de s'écouler.

— Le procureur a dit à la presse l'autre jour que le gars avait une trentaine d'années, pas loin d'un mètre quatre-vingts, plutôt balèze. À ce que j'ai pu voir il avait un blouson noir en simili cuir, un jeans et il portait des baskets. Les baskets, c'est ce qui m'a tout de suite fait penser qu'il avait pas prévu de venir sur les parcs… ni d'y prendre un bain. Ce n'était d'ailleurs pas des baskets de la dernière génération, pas fluos avec cinq centimètres de semelle. Enfin, je suis pas non plus marchand d'articles de sport.

— Peut-être néanmoins un indice intéressant. L'autre question que l'on se pose c'est de savoir qui a pu amener notre inconnu au Lamouroux. Vous avez une idée Alain ?

— Quelqu'un qui lui en voulait... à mort si je peux dire. On a sans doute des salauds dans le secteur, mais à La Rochelle, avec les criminels qui sortent de la centrale de l'Île de Ré et restent dans le coin, ils ont un gisement.

— Vous pensez à un règlement de compte entre bandes ?

— Je suis pas un spécialiste des bandes et mon avis ne vaut pas plus cher que le vôtre, mais pour faire quelque chose d'aussi spectaculaire, c'est qu'ils étaient sûrs de pas se faire prendre. Alors je souhaite bon courage aux gendarmes.

Arnold Legrand profite de ce « lancement », comme on dit en radio et en télé, pour stimuler ses troupes.

— Mes amis, vous avez compris que BFI34 a un rôle à jouer dans ce terrible fait-divers. Le crime parfait n'existe pas, je vous demande une nouvelle fois de nous aider à le prouver. Alors si l'un d'entre vous a un élément nouveau à apporter à ce dossier, si vous avez vu quelque chose d'étrange, si vous croyez connaître le disparu, n'hésitez pas à appeler le numéro qui s'affiche au bas de l'écran. Des cadeaux de votre télé préférée vous attendent, mais surtout vous démontrerez que BFI34 confirme sa place de numéro un sur l'actu, en France.

***

Antoine n'était pas devant son téléviseur au moment où Alain témoignait en exclusivité pour les téléspectateurs de BFI34, mais l'alerte de son téléphone s'est activée et il a pu utiliser le « replay » après son échange avec PAM. Il sourit en constatant le peu d'intérêt de l'exclusivité vantée par Arnold Legrand. Son égo est à peine froissé par son éviction de la découverte du corps du crucifié de Lamouroux. Legrand ne pouvait pas se permettre de dire à son public que BFI34 s'était fait doubler sur cette affaire par un petit journaliste de presse écrite. L'émission de télé va servir de « teaser » pour le reportage photo vendu à l'hebdomadaire spécialisé qui sort dans la semaine. Il ne peut pourtant pas s'empêcher d'appeler Alain pour le féliciter.

« Je suis pas là, laissez un message » répond à quatre reprises le portable de l'ostréiculteur. C'est étonnant comme les habitudes ont la vie dure. Pour les interlocuteurs d'un certain âge la magie du téléphone n'a toujours pas disparu. Leur esprit reste attaché au combiné qui siégeait en majesté à l'entrée des logements, un endroit inconfortable, sans siège, où l'on répondait, cassé en deux si le fil était trop court. En fait, sur le répondeur des portables, la bonne formule devrait être « Vous n'êtes pas référencé en tant qu'Antoine Ambien dans mon téléphone. Laissez votre message, j'y répondrai si vous le méritez. » Mais Antoine est opiniâtre et le cinquième appel est le bon.

— Salut Alain, je voulais vous féliciter pour votre show sur BF134.

— Ah bon, vous êtes pas fâché qu'on ait pas parlé de vous. J'avais pas le choix si je voulais faire l'émission.

— Ne vous inquiétez pas. J'espère que les conditions étaient convenables.

— Le gars est reparti avec une bourriche de numéro deux en cadeau, mais avec le chèque qu'il m'a laissé j'avais largement rentabilisé ma journée… et rattrapé celle du 16. Et de votre côté, du nouveau ?

— J'ai été surpris de vous entendre parler de La Rochelle. Vous pensez vraiment que c'est de ce côté-là qu'il faut chercher ? J'avais le sentiment que les agresseurs étaient plutôt partis de l'île…

— En fait j'en sais rien, mais comme il existe depuis toujours une rivalité entre Ré et Oléron, autant leur refiler ce sac d'emmerdements. En parlant de La Rochelle, je ménage la chèvre et le chou…

— … Mais vous pensez comme moi qu'il faut chercher au plus près.

— Et je ne suis pas le seul, mes collègues de l'île m'ont dit qu'ils avaient revu les deux plongeurs de l'autre jour dans le secteur du Château-d'Oléron.

— En voiture, j'imagine.

— De ce temps-là je ne vois pas ce qu'ils pourraient trouver dans les parcs.

Une rafale de vent chargée de grosses gouttes de pluie vient au même moment cingler les vitres de la chambre d'Antoine qui apprécie à sa juste mesure le confort de son nid. Sa sortie vélo sur la côte n'aura rien d'une partie de plaisir demain. Mais à chaque jour suffit sa peine.

— Merci beaucoup pour toutes ces infos Alain et à bientôt j'espère.

— Faites quand même attention où vous mettez les pieds. J'ai l'impression que ces gens-là ont beaucoup d'intérêts en jeu. Ce n'est pas un simple coup de colère.

XI

Il faisait toujours aussi sombre le lendemain matin. « Quand la mer est grise et qu'on l'est un peu. On fait des bêtises... » chantait Aznavour dans « Trousse Chemise ». La bêtise, songe Antoine en s'ébrouant, serait d'aller louer un vélo à Saint-Pierre. D'ailleurs Trousse Chemise, c'est à Ré, pas à Oléron. Pourquoi seule la voisine a-t-elle inspiré Aznavour mais aussi Nougaro « Dans l'ile de Ré, ma belle adorée... ? » Parce qu'elle est restée une île plus longtemps, parce qu'il est plus facile de faire rimer Ré qu'Oléron ? Encore un dossier que le journaliste pourra ouvrir lorsqu'il aura tiré au clair l'énigme du « crucifié de Lamouroux ». En attendant il est l'heure d'aller vérifier son indice de popularité à l'aune du petit déjeuner de Maryse.

Les croissants et les fruits frais l'attendent. Antoine n'imagine pas un seul instant que c'est le régime habituel de la maison d'hôtes dont il est le seul locataire. Boursoufflé de suffisance, il a perdu le flair qui lui aurait permis de débusquer à coup sûr le petit coup de micro-onde redonnant aux croissants sur le retour une nouvelle jeunesse.

Maryse aussi rajeunit de jour en jour au contact de ce grand jeune homme talentueux venu troubler la neurasthénie hivernale de Bourcefranc-le-Chapus. Pour chasser la grisaille, elle a enfilé un pull mohair orange doux doux doux sur un jean clair. Avec ses cheveux blonds et ses yeux bleus, elle offre une image paisible et sexy.

— Bonjour Antoine. Je vous ai mis le journal de côté, mais ils n'ont rien de nouveau sur notre affaire. BFI34 n'a rien fait de plus depuis le reportage d'hier soir. Quant aux radios nationales, on dirait que l'affaire d'Oléron n'a jamais existé, se désole celle qui se considère comme l'associée du journaliste.

— Je ne pense pas que le major De Pasmier soit un adepte de la communication. Ce silence le ravit et il le rompra lorsqu'il aura interpellé le ou vraisemblablement les auteurs du crime ou bien s'il a besoin de la presse pour relancer son enquête. En attendant, votre café est délicieux et il ne faudra pas que j'abuse des croissants sous peine de perdre la ligne. Merci Maryse.

L'hôtesse n'ose pas lui dire qu'il est très beau comme ça, sous peine de passer pour une « cougar ». Elle bénit pourtant la météo qui le bloque auprès d'elle pour la journée et imagine déjà l'avoir à sa table pour déjeuner. La dernière goutte de café avalée, Antoine rompt pourtant le charme en filant dans sa chambre dialoguer… avec son ordinateur, l'abandonnant au milieu des bourrasques qui secouent les arbres sur fond de mer furieuse et écumante à souhait.

***

Antoine non plus n'est pas insensible à la tempête qui bouleverse le Perthuis d'Antioche. Le vent d'ouest pousse vers la côte d'énormes masses grises qui ne laissent passer qu'un soupçon de lumière habillant de deuil les arbres décharnés. Mais plus qu'à Victor Hugo, c'est à un certain Monsieur Villette qu'il pense à ce moment. Un vieux prof de sciences naturelles qui les avaient embarqués, lui et ses camarades de troisième B, un jour de tempête hivernale, dans une explication hyper technique du phénomène associant les courants jets et la force de Coriolis pour véhiculer les coups de vent d'ouest sur des rails dépressionnaires.

Mais avant de demander à Wikipédia de lui rafraîchir la mémoire à ce sujet, c'est sa messagerie qu'il va interroger et son compte Facebook pour voir si le papier mis en ligne la veille a provoqué des réactions. Effectivement le nombre de vues augmente en flèche, tout comme les demandes d'amis. Des pouces levés et aussi quelques commentaires sympathiques, mais aucun élément nouveau susceptible de faire rebondir ses recherches. C'est en ouvrant sa boîte mail qu'il fait la découverte qui va illuminer sa journée. Il avait laissé son adresse à la fin de l'article, au risque de devenir la cible des détraqués qui vocifèrent en toute impunité, pensent-ils, derrière leur clavier. Or, bonne pioche, un interlocuteur inconnu s'est invité dans sa boîte.

Bigfamily17 annonce l'entête du message avant une adresse classique en Gmail. L'absence de mention (contact) le dissuade d'expulser directement cet interlocuteur inconnu vers sa poubelle ou de le faire glisser parmi les indésirables. Il ouvre et met à contribution ses connaissances en langues étrangères : « I think I know who is the « crucifié de Lamouroux », Please call me back at this adress. It's useful I meet you. »

Bon c'est vrai, il n'y a pas besoin d'avoir fait dix ans d'anglais pour comprendre, mais plus que la fierté d'avoir décrypté le message, c'est le bonheur d'avancer enfin dans cette histoire où il a mis les pieds par hasard qui lui fait grimper le taux d'adrénaline. Complètement exalté il appuie sur la touche répondre et se calme très rapidement pour convoquer le reste de vocabulaire laborieusement assimilé. « La culture c'est ce qui reste quand on a tout oublié » selon la réflexion d'un moraliste oriental exhumée par Édouard Herriot, mais « La meilleure façon d'avoir tout oublié, complétait perfidement un de ses professeurs, d'allemand cette fois, c'est de ne rien avoir appris ». Tout cela pour dire que si l'on peut comprendre une langue étrangère sans identifier tous les mots, construire une réponse par écrit est autrement plus compliqué. Pour éviter tout ricanement désobligeant, il répond en français au message, confiant à Google trad le soin d'effectuer la traduction : « Je suis installé à Bourcefranc-le-Chapus. Je peux donc être près de vous en une heure si vous habitez la Charente Maritime, je consacre tout mon temps à cette affaire, proposez-moi un jour et une heure de rendez-vous… le plus rapidement possible. »

En attendant la réponse, il continue d'ouvrir et de détruire les messages qui s'accumulent, s'étonnant que les internautes puissent prendre autant de temps pour ne rien dire. D'accord ça ne consomme pas de papier, mais les Data Center gaspillent une énergie dingue et dégagent de la chaleur dont on ne sait pas quoi faire. Sûr qu'au temps des signaux de fumée ou du télégraphe on allait à l'essentiel… mais si l'on veut remonter le temps, l'invention de la crucifixion date de bien plus longtemps encore. Tout est relatif.

Un petit quart d'heure s'est écoulé avant que Bigfamily17 reprenne contact. Il, ou elle, a eu pitié de ses insuffisances et utilise une application pour lui répondre, en français cette fois. « J'habite sur l'île d'Oléron et je peux vous rencontrer dans un café de Saint-Pierre. Connaissez-vous le “Bus Stop”, si vous voulez m'y retrouver, rendez-vous demain à dix heures. »

Demandez à un aveugle s'il veut recouvrer la vue ! Évidemment qu'Antoine sera le lendemain au Bus Stop, il s'y serait même précipité, oubliant les bourrasques et la cuisine de Maryse, si on lui avait demandé d'y être dans les quarante minutes. Un simple « J'y serai, sans faute. À demain » permet de sceller l'accord.

En ne demandant aucun détail supplémentaire à son correspondant, le journaliste se donne une excellente raison de ne pas mettre Pam dans la confidence. Le nombre de réponses farfelues que reçoivent les enquêteurs lorsqu'un appel à témoin pour disparition inquiétante paraît dans la presse, justifie d'ailleurs sa prudence.

Il bénéficie de vingt-quatre heures de liberté en attendant de se rendre à son rendez-vous. La lecture de l'édition Oléron du quotidien régional bordelais lui permet de faire un peu mieux connaissance avec son terrain de jeu. Les remises de récompenses et initiatives commerciales d'avant Noël lui prouvent que, sur l'île, on ne vit pas autrement que sur le continent. En revanche, en vrai pro de l'info, il remarque que le découpage du journal du jour laissait une large place à la rubrique fait divers, pressentant un rebondissement dans l'affaire du crucifié. Faute de réactions intéressantes des élus permettant au rédacteur de « tirer à la ligne », le secrétaire de rédaction complète la rubrique avec un « papier froid » consacré à un phénomène qui étonne Antoine : les vols de moteurs de bateaux.

L'auteur du papier dresse le décompte des embarcations prises pour cibles aux cours des six derniers mois sur le littoral charentais ou vendéen, les voleurs frappent dans les ports de loisirs comme dans les ports de pêche. Lorsque les gendarmes parviennent à résoudre une partie des affaires de vols, au terme de longues enquêtes internationales, ou grâce à un coup de chance, un gros excès de vitesse au passage d'un radar mobile par exemple, on constate que les voleurs ou les transporteurs viennent de l'est de l'Europe. Antoine découvre aussi en parcourant l'article que les voleurs ne limitent pas leur appétit aux petits moteurs. On est en danger, que l'embarcation soit animée par un moteur de quatre ou de trois cents chevaux. La différence, c'est le prix… et le nombre de bras nécessaires pour sortir la pièce après avoir tranché les câbles et démonté les supports. Une grande partie des moteurs ne réapparaissent jamais et les soupçons se portent vers des gangs de trafiquants de stupéfiants ou de transports de migrants.

Il va absolument falloir faire un tour du côté de Saint-Denis. Antoine pense que la clé de l'énigme se trouve dans un port d'Oléron.

Mais auparavant il doit préparer sa rencontre du lendemain. Deux préoccupations le guident. Son interlocuteur agit-il, comme lui pour faire éclater la vérité ? Sans chercher forcément à se faire de l'argent sur le malheur des autres, certains témoins s'auto-persuadent qu'ils doivent jouer un rôle dans une histoire criminelle. À Antoine de choisir parmi les indices recueillis ceux que l'on doit connaître sans avoir regardé la télé, écouté la radio ou lu les journaux. Ensuite, comment éviter de traumatiser son témoin en lui présentant des clichés insoutenables pour un proche de la victime ? En les recadrant soigneusement pour faire disparaître le visage martyrisé et en zoomant sur les vêtements.

Une fois encore les yeux du journaliste s'attardent sur le blouson du supplicié qui ne porte aucune marque commerciale. Ne porte ou ne portait ?

XII

Sous un ciel à peine plus engageant que la veille, Antoine franchit le viaduc d'Oléron. Les bourrasques ne chahutent pourtant pas sa voiture comme le montrait le journal télé régional, aperçu la veille au soir. Les monceaux de branches et de végétaux divers jonchant les bas-côtés de la D734, l'axe central de l'île, seule artère sur laquelle les cyclistes ne se risquent qu'avec la plus grande prudence, témoignent de la violence du coup de vent.

Son GPS le conduit sans problème au cœur de Saint-Pierre. Le Bus Stop niche dans une petite rue, à deux pas du centre-ville. La façade lépreuse laisse penser que le plus important se trouve côté jardin. Laisse penser seulement puisque l'endroit est clos, fermé à double tour, inaccessible quoi. Les horaires d'ouverture affichés sur la porte étroite ne laissent aucun doute. Le Bus ne stoppe qu'à partir de dix-huit heures devant l'établissement. Son interlocuteur ignore-t-il la destination de l'établissement. Sélectionne-t-il le bar pour la discrétion de l'endroit ? D'ailleurs où se trouve-t-il cet internaute mystérieux. Pas un chat pour mettre sur la piste de l'inconnu. Le rendez-vous sent plutôt le lapin. Antoine, furieux, s'apprête à rejoindre sa voiture lorsqu'il croise à l'entrée de la ruelle, une jeune femme qui le dévisage avec un regard interrogatif.

— Bonjour, vous… journaliste ?

— Yes, but the Bus Stop is closed this morning.

— Sorry, je connais autre café.

— Si vous voulez.

Tous deux traversent sans un mot le centre de Saint-Pierre, gris, vide, humide et rejoignent « Le Commerce » en mode hiver, terrasse repliée. À l'intérieur, heureusement, le plancher bois et les murs aux couleurs vives donnent à l'endroit une atmosphère plus chaleureuse. Sans se concerter, Antoine et la jeune femme choisissent une table ronde, au fond de l'établissement, suffisamment loin du bar pour échapper aux oreilles inquisitrices d'un serveur désœuvré.

Lorsque son interlocutrice s'extrait du caban à capuche qui la protégeait de l'humidité extérieure, Antoine découvre une jeune femme brune aux yeux clairs, grande et fine, au regard un peu fané. Elle porte, sans ostentation, des vêtements confortables et élégants, camaïeu de gris et de bleu où la laine est prédominante sur un jean serré et des bottines noires. Un soupçon de maquillage rend un peu d'éclat à son visage fatigué.

— Je suis désolée, attaque-t-elle dès qu'ils se sont assis. Je parle le français mal et… elle complète avec un sourire triste et continue en anglais.

— I'm just for four months in France.

Elle montre son téléphone et Antoine comprend que la conversation va se faire par le truchement du traducteur automatique.

— D'où venez-vous ? demande le journaliste.

— Ukraine.

Chacune de ses questions est traduite pas l'appareil et il les retrouve écrites en alphabet cyrillique. De la même manière son interlocutrice lui répond face à son micro et il lit la traduction de sa réponse sur l'écran du téléphone, en caractères romains heureusement, vive les techniques modernes. Lorsque leurs deux têtes sont penchées vers l'écran il peut humer le parfum citronné de la jeune femme. « Eau de Rochas » s'imagine-t-il, souvenir d'eau de parfum offerte un jour à l'une de ses conquêtes... qui l'a quitté bien avant la fin du flacon. Mais ils ne sont là ni l'un ni l'autre pour se faire tourner la tête et ce qu'apprend le jeune homme, écran après écran, est beaucoup plus important.

L'Ukrainienne dont il vient de faire la connaissance s'appelle Mylia. Elle a fui Kharkiv peu de temps après le début de la guerre avec ses deux enfants.

— Comment êtes-vous arrivée sur cette île ? s'étonne le journaliste.

La famille de Mylia appartenait à la classe aisée ukrainienne, mais ses moyens ne lui permettaient pas de vivre sans travailler près de la frontière suisse où l'avait conduit l'exode. Les loyers y étaient prohibitifs. Une association lui a proposé ce logement, dans un village vacances. Les enfants sont scolarisés à Saint-

Pierre et elle suit des cours de français pour pouvoir trouver un travail.

— Il va vous falloir un peu de patience, sourit à son tour Antoine.

— Français... très difficile, avoue Mylia avec une moue charmante.

L'Ukrainienne doit traduire la question suivante d'Antoine. « Pourquoi pensez-vous connaître le nom de l'homme retrouvé dans les parcs à huîtres ». Un pressentiment l'a dissuadé d'utiliser le terme « crucifié ». Effectivement à la lecture de cette formulation le visage de la jeune femme se ferme. Elle dicte d'une voix sourde, retenant visiblement un sanglot, sa réponse.

Depuis le mois d'avril, lorsque son mari l'a conduite avec ses enfants à la frontière polonaise, elle n'a plus revu Anton. Leurs communications hebdomadaires s'interrompirent en octobre. Elle crut même se retrouver veuve. Deux semaines plus tard, il put lui parler de ses deux jours de coma à l'hôpital, par la faute d'un éclat d'obus. Et puis elle suivit sa convalescence et, au début de la dernière semaine de novembre le papa héros de guerre débarqua à Oléron. Amaigri, fatigué, mais vivant ! Ce retour rendit aux enfants un enthousiasme qui s'étiolait face aux difficultés relationnelles avec les autres écoliers. Des gamins gentils sans doute mais qui peinaient à comprendre le temps que mettaient les « étrangers » à apprendre des choses qu'ils enregistraient sans problème.

Mylia submergée de bonheur décela pourtant rapidement la fêlure installée dans la personnalité de son mari. Le conflit érodait l'allant, l'esprit d'entreprise qui l'animaient en temps de paix. Et puis arriva la dernière semaine de sa permission de convalescence. Les enfants ne voulaient pas laisser repartir leur père avant « Svyatyi Mykolaï Choudotvorets » la Saint Nicolas orthodoxe que l'on célèbre le 19 décembre. Mais la permission s'achevait le 5. Mylia comprit rapidement que son mari n'avait pas l'intention de rejoindre sa tranchée et préférait vivre clandestinement auprès de sa famille. Mais sa vie à elle continuait, entre les soins du ménage, les cours de français, le suivi du travail des enfants. Elle laissait Anton des journées entières livré à lui-même. Il partait marcher au bord de la mer, sans parler à qui que ce soit puisque la seule langue étrangère qu'il pratiquait, le russe, ne lui permettait pas de communiquer sur l'île. Par principe, il s'interdisait d'ailleurs d'utiliser la langue de l'envahisseur. Souvent il se laissait surprendre par la nuit et rentrait après l'heure du dîner, au grand désespoir de Viktor et Lylia qui espéraient le retrouver à leur retour de l'école.

Le week-end des 11 et 12 décembre restera le meilleur souvenir oléronais de la famille Dukinanko. Le samedi, Anton accompagna ses enfants dans un magasin de La Rochelle pour faire quelques emplettes en prévision de la fête qui approchait. Une sortie shopping à laquelle Mylia la citadine ne sacrifiait plus depuis des mois.

Le dimanche toute la famille profita du temps superbe pour faire une grande balade du côté de Saint-Denis, laissant la voiture sur le port pour parcourir, à pied, la pointe de Chassiron. Anton, pédagogue, expliqua à ses enfants le fonctionnement des écluses à poissons, fers à cheval de pierres permettant aux îliens de réussir à marée basse des pêches miraculeuses. Viktor voulut à toute force vérifier la démonstration. Heureusement pour son père, la mer était encore trop haute. Mylia retrouva le goût de la vie, main dans la main avec Anton, sous le ciel bleu, caressée par un soleil tiède avec juste cette risée transportant le parfum iodé de l'océan.

Pourtant Anton n'était pas rentré le lundi soir.

— Pourquoi ne pas avoir signalé sa disparition ? Antoine a sa petite idée mais doit néanmoins poser la question.

Une fois encore l'Ukrainienne réfléchit devant son écran avant de formuler une réponse. « J'ai d'abord pensé qu'il avait eu peur des conséquences de sa désertion pour sa famille et qu'il était parti sans rien dire pour éviter les crises de larmes de ses enfants. J'attendais un message de lui, en soirée ou le lendemain. Mais, rien. Je n'ai pas appris tout de suite votre découverte, je ne comprends pas assez le français pour suivre les informations à la télévision. Et puis mon mari avait déserté. Que m'aurait dit la police ? Est-ce qu'ils n'auraient pas alerté les autorités ukrainiennes. Il fallait rassurer mes enfants, me rassurer moi-même. »

Les larmes aux yeux Mylia abandonne son téléphone pour tenter de communiquer directement avec Antoine.

— Personne pour comprendre moi… dur, trop dur. Désespoir… lourd.

Antoine essaie en anglais de savoir comment elle a eu connaissance de ce qui s'était passé dans les parcs à huîtres. Il apprend qu'une voisine, réfugiée elle aussi et étonnée de ne plus voir Anton, lui a signalé l'article mis en ligne par Antoine. Elle l'a traduit à l'aide de son téléphone.

Ce qu'il va lui apprendre risque de provoquer un cataclysme dans le café. Il faut l'éloigner des quelques personnes qui consomment dans l'établissement.

— Attendez-moi.

Le temps de passer au comptoir payer leurs consommations il revient vers elle et lui fait signe de le suivre. Elle s'emmitoufle et ils quittent le Commerce sans attirer particulièrement l'attention. Antoine met à profit ses rudiments d'anglais pour lui expliquer qu'il détient, dans sa voiture des photos qui lui permettront d'identifier son mari. La jeune femme se crispe et prend son bras. Le journaliste déverrouille sa vieille Clio et l'accompagne, côté passager, comme on guide une personne âgée vacillante. Mylia se laisse faire, sans réaction. Après avoir fait le tour du véhicule, le jeune homme s'installe au volant, mais ne sort pas tout de suite son ordinateur. Il questionne l'Ukrainienne sur la tenue que portait Anton au matin de sa disparition. Les réponses tombent, dissipant peu à peu l'ombre du doute qui planait encore sur la triste réalité. Le jeans est un vêtement standard, tout comme les baskets, mais le blouson en simili cuir… Antoine a retrouvé avant tout le monde l'identité du crucifié du Lamouroux. En cet instant il n'a pas le cœur à se réjouir de l'avancée de l'enquête. Par pure conscience professionnelle il ouvre néanmoins son ordinateur pour présenter les photos recadrées la veille au soir. La vue générale... les gros plans sur les chaussures de sport... le blouson. Cette fois Mylia s'effondre en larmes dans les bras du journaliste. Elle pleure à gros bouillons. Sa solitude vient de franchir un nouveau palier dans la hiérarchie du malheur et cet étranger fait office de planche de salut pour ne pas sombrer face à cette accumulation de drames.

Antoine ne fait pas un geste pour se dégager de cette masse douloureuse venue trouver refuge au creux de ses bras. Il n'y a rien à faire d'ailleurs pour atténuer la souffrance de la veuve de Lamouroux. Recevoir la douleur d'une inconnue s'apparente à un cadeau qui vous permet de vivre un instant plus intense que le reste de votre vie.

Une douzaine de minutes plus tard le visage barbouillé de larmes et de fond de teint lui adresse une interrogation désespérée.

— Why ?

Antoine ne sait pas pourquoi ce presque homonyme, à peu de chose près son jumeau, est venu mourir au milieu des huîtres, après avoir résisté aux soldats russes et à un éclat d'obus. Quelle connerie la guerre ! Mais que dire de la paix lorsqu'elle vous sert de telles injustices !

— Vous êtes absolument sûre que c'est Anton, demande le journaliste pour se laisser deux secondes de réflexion.

Mylia répond par une nouvelle crise de larmes, frappant des deux poings sur le tableau de bord de la voiture.

— Alors il va falloir aller voir les gendarmes. Ne craignez rien, je vais vous accompagner.

La jeune femme n'a pas tout compris, elle s'accroche à son bras. Antoine devient l'être le plus important, elle lui fait confiance

— Lamouroux, veut dire la mort, s'étonne-t-elle.

La vie, l'amour, la mort, en tout cas quelque chose contre lequel on ne peut rien faire songe-t-il.

XIII

Antoine a deux préoccupations lorsque Mylia retrouve un peu de calme. Organiser la suite de la journée des Dukinanko et prévenir Pam de l'élément nouveau de l'enquête. Une question d'organisation en fait. Mylia doit veiller à ce que quelqu'un récupère les enfants à l'école, si elle n'est pas rentrée avant seize heures trente à Saint-Pierre. Au village de vacances, la jeune maman retrouve sa voisine, celle qui a récupéré le fameux article. Antoine ne comprend pas l'ukrainien mais l'étreinte des deux femmes vaut tous les traducteurs du monde. La voisine est désormais dans la confidence et accepte bien entendu de prendre en charge Viktor et Lylia.

Le journaliste les laisse régler les détails pratiques et appelle Pam.

— Bonjour major, as-tu du nouveau ?

— Rien de transcendant mais à ton intonation j'imagine que tu as quelque chose à m'annoncer.

— Si tu as un peu de temps libre aujourd'hui, je te propose de rencontrer la veuve du crucifié de Lamouroux. Mais il va falloir que tu nous trouves un traducteur car elle est Ukrainienne et ne parle que quelques mots de français. Pour une déposition je suppose que le traducteur automatique des téléphones n'est pas légalement acceptable. Si tu en es d'accord, je peux la conduire à ton bureau en début d'après-midi.

Le major n'est pas tombé de sa chaise, car confortablement installé dans son fauteuil il ne risquait pas ce genre d'accident. Néanmoins l'efficacité de son ancien élève judoka le laisse sans voix. Ça tombe bien, Antoine ne souhaite pas en dire davantage.

— Bien on dit quatorze heures trente ?

— Je t'attends Antoine… avec un interprète.

***

Rita, la voisine quinquagénaire, avait un bortsch qui finissait de mijoter, emplissant la cuisine de parfums de persil et d'aneth. Elle en fait profiter les deux futurs voyageurs et Antoine découvre cette soupe rouge qu'il identifiait plutôt comme un ragoût. La viande de porc colorée par les lamelles de betteraves et les pommes de terre copieusement servies satisfont un appétit même aiguisé. Sa coéquipière en revanche picore dans son assiette.

Ils prennent la route et Antoine traverse Marennes, longe le canal de Bidoire, comme il l'avait fait quelques jours auparavant. À ses côtés, une Mylia prostrée remplace un Alain un peu plus prolixe. Trois quarts d'heure plus tard la Clio stoppe devant le bâtiment blanc au toit de tuiles canal. Sa voisine mutique reste sans réaction.

Le temps de sonner à l'interphone et un gendarme en uniforme vient leur ouvrir. Le major Alceste de Pasmier les attend dans le hall. Il accueille la jeune Ukrainienne avec prévenance, ses gestes témoignent mieux que des mots de la part qu'il prend à son drame. Rassurée, elle le suit dans le bureau où une jeune femme l'accueille, en ukrainien cette fois, achevant de la mettre à l'aise pour l'interrogatoire qui va suivre. Avant que la porte ne se referme elle gratifie Antoine d'un sourire plein de reconnaissance.

Le journaliste va devoir prendre son mal en patience. Sûr qu'il aimerait être petite souris pour voir comment Pam va réussir à tirer un maximum d'informations de ce face à face.

De l'autre côté de la cloison, le major fait expliquer par l'interprète ce qu'il attend de l'entretien ainsi que la procédure judiciaire française, remerciant Mylia de sa démarche et lui expliquant qu'elle ne court aucun danger pour sa liberté en venant témoigner devant lui. Il présente également un quatrième personnage, le gendarme qui va établir le procès-verbal d'audition de la jeune femme. Par ailleurs l'entretien sera enregistré afin d'éviter pour la suite de la procédure toute erreur de traduction qui pourrait remettre en cause son témoignage.

L'entretien débute par le curriculum vitae de Mylia Chetchenko, née le 9 décembre 1992 à Kharkiv (Ukraine), épouse d'Anton Dukinanko et mère de Viktor et Lylia, domiciliée provisoirement à La Marinière, commune de Saint-Pierre d'Oléron.

Pam a besoin de savoir tout ce qu'elle a déjà raconté à Antoine, à savoir ce qu'elle faisait en Ukraine, quand elle a décidé de partir, comme elle s'est retrouvée sur l'île d'Oléron. Il insiste également sur le jour, l'horaire et le lieu où elle a vu son mari pour la dernière fois. Il lui demande de préciser quelle était la profession d'Anton, quel type de poste il occupait dans l'armée...

Autant Mylia essaie d'être précise dans ses réponses, autant elle a été tenue totalement à l'écart du conflit. Elle ne sait ni à quel point du front il a combattu, ni le lieu où on l'a soigné. Elle ignorait avant qu'il pousse la porte de son refuge français qu'il viendrait la rejoindre à Oléron, n'a aucune idée s'il est passé légalement ou non en Europe et ne peut même pas dire combien de temps s'est écoulé entre le franchissement de la frontière polonaise et son arrivée à Oléron. A fortiori, inutile de lui demander qui il a rencontré et si des incidents ont jalonné son voyage.

Pam reste sur sa faim, mais insiste néanmoins sur un point.

— Pouvez-vous me dire, madame, ce qu'a fait votre mari entre le 24 novembre 2022, date probable de son arrivée et le 13 décembre, jour de sa disparition ?

L'interprète a compris l'importance de cette dernière question, ses intonations indiquent qu'elle sollicite toute l'attention de sa compatriote, qui l'écoute les sourcils froncés, pour qu'elle fasse appel à sa mémoire et retrouve les détails les plus futiles qui mettraient le major sur la piste des meurtriers d'Anton.

Mylia a un geste d'impuissance en regardant le major et l'interprète traduit au fur et à mesure sa tirade désespérée.

— Nous avons réussi à reconstituer notre vie de couple. Notre vie de famille. Nous étions heureux avec les enfants... mais je ne sais pas ce qu'Anton a fait de ses journées. Il partait le matin tantôt à pied, tantôt à bicyclette quand je conduisais les enfants à l'école, car le centre a mis à notre disposition des vélos que l'on peut utiliser sur tous les terrains. Je pense qu'il a circulé dans toute l'île. Mais où allait-il, voyait-il quelqu'un, cherchait-il quelque chose de particulier ? Je serais incapable de vous le dire. Jamais il ne m'en a parlé. Je ne suis pas certaine non plus qu'il ait utilisé son téléphone.

— Où se trouve ce téléphone ? s'étonne Pam.

— Il l'avait sur lui lorsqu'il a quitté la maison.

— Donnez-moi son numéro nous pourrons retracer ses éventuels appels. Il lui arrivait de vous appeler ?

— Deux ou trois fois pendant ces deux semaines.

— Donnez-moi aussi votre numéro que nous puissions l'éliminer de la liste que nous obtiendrons.

Le major marque une pause et reprend l'air grave.

— J'ai une dernière chose à vous demander, Madame Dukinanko. Pour les besoins de l'enquête, il nous faut avoir la certitude que l'homme retrouvé le 15 décembre sur le banc de Lamouroux est bien Anton Dukinanko. Vous seule, Madame, pouvez nous apporter cette certitude. Je vais vous demander de venir reconnaître son corps au centre médico-légal de La Rochelle.

— Le journaliste peut venir avec moi ? demande-t-elle craintive.

— Si vous souhaitez sa présence, acquiesce le major, pas franchement enthousiasmé de conduire le jeune homme au cœur de l'enquête. Mais après tout, il lui doit bien ça.

La présence de l'interprète n'est pas nécessaire pour ce déplacement à La Rochelle. En revanche le major souhaite présenter son jeune collègue au personnel du centre hospitalier qui abrite le médecin légiste et son équipe.

— Adrien jouera prochainement le rôle d'agent de liaison entre le centre et moi. Il pourra ainsi suivre la procédure de bout en bout.

Pam et Adrien font monter Mylia à l'arrière du véhicule. Antoine s'installe à l'avant, près de Pam qui a pris le volant. Les trois quarts d'heure de route permettent au gendarme et au journaliste d'échanger leurs impressions.

— Je pense que nous avons effectivement identifié la victime, admet Pam. En revanche le profil du dénommé Anton me paraît bien mystérieux. Sa veuve ne m'a pas appris grand-chose sur ce qu'il faisait pendant son séjour à Oléron.

— Je crois qu'il se faisait discret car, depuis le 5 décembre, il devait être porté déserteur de l'armée ukrainienne.

— Tu me parais particulièrement pointu sur le dossier. Comment as-tu réussi à retrouver cette Mylia.

— Ça relève du secret professionnel mon vieux. Reconnais que je suis resté dans les clous et que notre amie Caroline ne pourra que me féliciter la prochaine fois que nous nous croiserons. Tu penses qu'elle va provoquer une nouvelle conférence de presse ?

— En tout cas, il faut laisser le plus longtemps possible la famille Dukinanko à l'abri de l'appétit de tes collègues.

— Tu sais très bien que je n'ai aucun intérêt à ébruiter l'affaire.

Le véhicule de la gendarmerie approche de La Rochelle et Pam consacre toute son attention sur la succession de ronds-points, non pour trouver sa direction, mais parce que les automobilistes ont chacun leur interprétation en fonction de leur âge. À La Rochelle manifestement on les emprunte façon première ligne entrant en mêlée. On n'est pas champions d'Europe pour rien ! Il vaut donc mieux jouer dans les espaces quand une place se libère avant que ne déboule la vague suivante. Rue du Pont des Salines il ne reste plus que quatre ronds-points à négocier en moins de deux kilomètres avant de rejoindre l'hôpital.

— On y est, souffle Pam. Le service médico-légal est juste sous les urgences. Il ne fonctionne pas encore 24/24 mais voici un an, il n'y avait pas de service et il fallait se taper des allers-retours Poitiers. Ça prenait pratiquement la journée.

Le major s'est annoncé en quittant la gendarmerie. Le médecin légiste les accueille. Il a fait préparer le corps. Mylia a repris le bras d'Antoine pour rejoindre la morgue.

Dans la salle aux murs entièrement habillés de dalles blanches une lumière crue tombe des néons et fait briller l'acier des tiroirs dans lesquels sont rangés les défunts. Le socle du chariot sur lequel repose la dépouille d'Anton a été habillé d'un drap noir. Une housse de plastique blanc contient le corps. Le visage est dissimulé par un masque. Antoine explique en anglais que le séjour du corps dans l'eau l'a très sévèrement détérioré.

Mylia demande que l'on ouvre la housse. À l'intérieur, le corps est nu, seuls ses organes sexuels sont dissimulés par un drap. La jeune femme caresse de son index droit la cicatrice, témoignage de la blessure occasionnée par l'éclat d'obus et fond en larmes. Oui, c'est bien son homme, ce corps glacé sorti d'un tiroir à trois mille kilomètres de chez lui.

Les quatre témoins inutiles se retirent pour laisser la veuve avec son époux. Eux savent que la boucle est bouclée. Mais elle ? Qui n'avait pas envisagé un seul instant perdre son mari dans un pays en paix. L'Ukraine comme la France sont désormais synonymes de mort. Comment continuer de vivre, pour Viktor et Lylia. Ses baisers sur ce corps durci par le gel lui arrachent les lèvres. « Anton, Anton quelle priorité as-tu fait passer avant ta famille ? Tu étais toute ma vie et sans toi elle n'a plus aucun sens. Adieu mon amour, je ne mourrai pas sans savoir pourquoi tu es parti si tôt. »

Au terme de cette prière muette, l'Ukrainienne fait signe au personnel de la morgue qu'ils peuvent retirer le corps.

Elle a repris le contrôle de ses émotions lorsqu'elle rejoint le Major, Antoine et Adrien. Les trois hommes sont admiratifs en remontant en voiture, face à la force morale de la jeune femme. Chacun intériorise au retour vers Saint-Agnant, le choc qu'ils ont ressenti face à ce jeune mort, fuyant la guerre, en vain.

À l'arrivée à la gendarmerie la nuit d'hiver n'est pas tout à fait tombée. Insensibles à l'environnement les quatre passagers débarquent, Adrien ouvrant la voie et Pam fermant le cortège, afin de gagner les bureaux pour faire signer à Mylia sa déposition, complétée par l'identification du corps d'Anton.

Il fait nuit lorsque l'Ukrainienne et son chauffeur quittent la gendarmerie. Le parking est vide et personne n'a envie de s'y attarder. Mylia doit retrouver ses enfants. Antoine espère que Maryse a encore parié que son journaliste rentrerait le ventre vide.

Absorbé par l'enquête le quatuor a relâché son attention sur ce qui se passait autour de ses allées et venues. Personne n'imagine l'interprétation délirante à laquelle leur déplacement va donner lieu.

XIV

Antoine décline finalement l'invitation de Maryse. Il préfère éviter un tête-à-tête et le feu roulant de questions qu'elle ne manquerait pas de déverser après une disparition d'une journée de son enquêteur préféré.

Le lendemain il retrouve sa « coéquipière » remontée comme un coucou de la Forêt Noire.

— Merci pour la confiance Antoine !

Il s'interroge pour savoir comment elle a pu apprendre sa rencontre avec Mylia. Rien de ce qui se passe sur l'île ne semble lui échapper. Il prend donc son ton le plus calme pour déminer. Manquerait plus qu'on le prive de croissants tièdes au petit déjeuner.

— N'allez pas croire que je cherche à vous tenir à l'écart de cette enquête Maryse, mais la juge d'instruction…

— La juge accepte qu'on annonce à la télé que le meurtre a été résolu, mais vous filez comme un voleur après avoir sans doute passé votre journée au cœur de l'enquête, sans m'offrir quelques heures d'avance sur le reste de la planète. Vous me décevez mon petit Antoine !

Devant l'air ahuri du jeune homme l'hôtesse, à son tour déboussolée, cherche ses mots pour continuer.

— Comment ? Vous vouliez rien me dire… ou vous ne saviez rien ? Ils l'ont annoncé ce matin sur BFI34.

— Mais annoncé quoi Maryse ?

— Et bien que la gendarmerie de Saint-Agnant avait interpellé une ou deux personnes qui avaient été ensuite conduites vers une destination inconnue après un premier interrogatoire.

Antoine éclate de rire et jette sur Maryse un regard condescendant.

— Oh les cons ! Et vous, vous gobez ça comme argent comptant. La juge, vous l'avez vue ou entendue intervenir pour confirmer les propos du journaliste ?

Maryse baisse la tête comme un enfant pris en faute.

— Ben, non, mais ils ont montré les photos de la scène…

— … et du moment qu'il y a les images c'est que c'est vrai ! Vous les avez ces images ?

— Vous allez pouvoir vérifier, le reportage passe en boucle depuis une heure.

Par conscience professionnelle, une fois encore, Antoine s'inflige, le ventre creux, le visionnage du scoop. En studio le journaliste « décrypte » les images tournées avec un téléphone portable. On y voit deux personnes, entourées par deux gendarmes, l'un en uniforme, l'autre en civil, sortir des locaux de la gendarmerie et monter dans une voiture. Le journaliste, sur fond d'images d'archives montrant, en boucle, la scène de crime, la conférence de presse de la procureure et l'interview d'Alain, en muet, rappelle la genèse de l'affaire. Un récit qui occupe quatre-vingts pour cent du temps de son sujet. Il arrive finalement à la nouveauté.

D'abord une silhouette interrogée dans un bureau avec au moins un gendarme en uniforme et puis la fameuse sortie de la gendarmerie. Les visages ont été floutés pour ne pas mettre la chaîne en défaut par rapport à la loi. Et le journaliste d'expliquer à son public qu'après un long interrogatoire, la jeune femme, mais peut-être aussi son compagnon auditionné dans un bureau invisible à la caméra, ont été conduits vers une destination inconnue, vraisemblablement le palais de justice de Poitiers pour être présentés au juge d'instruction.

Faux-cul, le présentateur précise qu'il n'a « pas encore » reçu confirmation du juge d'instruction de son information, laissant entendre que ce n'est qu'une question de temps.

— Votre sens de l'observation m'émeut Maryse, ricane Antoine. Vous ne vous êtes pas demandé pourquoi j'apparaissais dans ce film ?

Cette fois c'est au tour de l'hôtesse d'avoir un regard ahuri.

— Ben non, je vous ai pas vu.

— Alors je vous rassure tout de suite. J'étais bien hier à la gendarmerie de Saint-Agnant, je monte bel et bien dans la voiture des gendarmes, mais l'image est trop mauvaise pour prouver que je n'ai pas les mains entravées…

— Mais qui est la jeune femme ? interroge, incrédule, la passionnée de faits divers.

— Si la télé s'était vraiment trouvée sur place, elle aurait déniché le fameux nouvel élément de l'enquête. Mais quand on fait de l'info à partir d'images volées, il ne faut pas s'attendre à obtenir la collaboration des personnes chargées de l'enquête. Que ce soit la gendarmerie ou la justice. S'ils ont appelé en demandant si on avait bien arrêté un suspect dans le cadre de l'enquête sur « Le Crucifié de Lamouroux », ils ont eu droit à une réponse type. « En l'état actuel de l'enquête il nous est impossible de confirmer ce genre d'information ». Pour tout un chacun ça s'apparente à un non. Dans le domaine journalistique ça se traduit souvent par « Peut-être, mais on ne peut pas encore vous le dire. » Et comme la jeune femme en question n'est en rien mêlée au meurtre, personne n'a pris la peine d'expliquer sa présence à Saint-Agnant hier après-midi.

— Mais vous, vous savez qui elle est ?

Maryse craque encore face à son journaliste vedette. Antoine savoure cette nouvelle victoire et fait un peu durer le suspense.

— Alors ?

— Il s'agit de l'épouse du « Crucifié de Lamouroux ».

Elle n'est pas loin de lui sauter au cou.

— Mais comment avez-vous fait pour la retrouver ?

Le journaliste ne va évidemment pas lui avouer que le scoop lui est tombé tout cuit dans… l'ordinateur. A-t-elle d'ailleurs envie de la vérité nue. Préserver une part de mystère n'enlèvera rien à sa gloire. Bien au contraire.

— Ce sont mes contacts qui m'ont permis de l'approcher. Elle est étrangère et il fallait quelqu'un qui parle suffisamment l'anglais pour comprendre ce qu'elle souhaitait révéler. Disons que j'ai été au bon moment au bon endroit.

Voilà qui s'appelle prendre quelques libertés avec la réalité, mais c'est vrai que, sans Antoine, Pam serait toujours dans les starting-blocks. Évidemment Maryse veut en savoir un peu plus, pour se persuader que sa télé ne lui a pas vraiment menti non plus.

— Elle vous a dit pourquoi son mari est venu mourir sur le banc de Lamouroux ?

— Absolument pas. Elle a eu seulement confirmation hier après-midi que le corps retrouvé le 15 décembre était celui d'Anton Dukinanko, disparu le 13 décembre.

— Dukinanko, ce n'est pas très anglais comme patronyme.

— Bonne remarque Maryse, simplement, et même si malheureusement pour eux ils sont de plus en plus nombreux sur notre territoire, l'ukrainien n'est pas la langue étrangère la plus pratiquée par les Français, surtout réputés justement pour très mal maîtriser les langues étrangères. Aussi les Ukrainiens parlent-ils ukrainien, russe, mais surtout anglais lorsqu'ils souhaitent circuler en Europe.

— Mais votre Ukrainienne, elle était de passage ou elle habite dans la région ?

— Elle réside sur l'île depuis le mois de septembre. Ce n'est d'ailleurs pas la seule famille ukrainienne, mais je ne sais pas si elle va rester à l'endroit où son mari a été assassiné. Ses enfants sont scolarisés sur l'île, on ne va pas tarder à faire le rapprochement, car inévitablement cette identité va fuiter. Non, cette fausse information est une catastrophe, à tous points de vue. Et je ne vous parle même pas du savon qu'a dû prendre le directeur d'enquête de la part de la juge d'instruction pour ne pas l'avoir tenue au courant dès hier soir de cet acte de procédure.

— Qu'est-ce que vous allez faire de cette information ?

— Rien pour le moment, mais je ne pense pas pour autant passer une journée tranquille.

— Excusez-moi Antoine. J'étais tellement en colère après vous que je n'ai même pas préparé le petit déjeuner. Je vous l'apporte.

Du coup le journaliste perd toute illusion sur la fraîcheur des croissants qui arrivent tout tièdes sans que l'hôtesse ait eu le temps de passer par la case boulangerie, mais ça ne fait rien, Maryse lui a évité de recevoir le coup de fil de Pam, qui ne va pas manquer, avant d'avoir vu la séquence délirante de BFI34.

Il a effectivement le temps d'avaler café et croissants, d'éplucher une poire juteuse à souhait et de remonter dans sa chambre avant que son portable ne commence à sonner.

***

Antoine laisse passer les deux premières sonneries avant de répondre.

— Salut major. Oui j'ai vu la séquence de caméra invisible. C'est le charme de l'information continue de faire de l'info sans la recouper. Ils avaient cherché à te joindre ?

— Évidemment et je les avais envoyés bouler. D'autant plus qu'ils s'étaient bien gardés de dire qu'ils détenaient une vidéo. Ils affirmaient juste avoir certains indices leur laissant penser que nous avions procédé à une interpellation. Je n'ai pas pensé un seul instant que le tuyau pouvait provenir de Saint-Agnant et encore moins que quelqu'un filmait notre départ pour La Rochelle.

— La juge d'instruction doit être furieuse…

— Je l'ai eue au fil, on s'est expliqué. Ce qui m'inquiète, c'est toi… et ton Ukrainienne.

— …

— Tu as forcément été suivi. Je n'imagine pas un mouchard planqué à proximité de la gendarmerie pour surveiller tous mes faits et gestes.

— Tu n'as pas vu non plus qu'on nous filmait quand nous sommes sortis. Vous n'avez pas de vidéo surveillance à la brigade ?

— Elle détecte les gens qui sont devant la grille et qui essaient de l'escalader, mais pas un espion arrêté de l'autre côté de la rue.

— Que comptes-tu faire pour Mylia et sa famille ? Rien ne dit que, malgré ce qu'elle nous a raconté, elle ne détienne pas des informations que recherchent ceux qui ont assassiné son mari. Peut-être est-ce en me pistant moi qu'ils sont arrivés jusqu'à elle, mais désormais ils l'ont localisée elle aussi.

— Je n'ai pas suffisamment d'effectifs pour affecter quelqu'un à sa sécurité. Je vais passer la voir et l'équiper d'un dispositif d'alerte. Elle pourra faire appel aux gendarmes les plus proches si on essaie de l'aborder ou si elle remarque quelque chose d'inquiétant. Quant à toi, ouvre l'œil, on n'est pas encore au bout de l'enquête même si tu nous as fait franchir un cap important.

Pendant la dizaine de minutes qu'a duré la conversation pas moins de trois avis d'appels lui sont parvenus, deux émanaient de radios et un d'un journal qui lui avait pris son premier reportage. À chaque fois, Antoine a démenti l'information de la télé continue, laissant toutefois entendre que le juge d'instruction serait sans doute amené à communiquer sur l'affaire dans les prochains jours. Il se surprend brusquement à parler comme un policier, ou comme un communiquant dont le rôle est le plus souvent de dresser un écran entre les faits et ceux dont le métier est de diffuser l'information.

Les conseils de prudence de Pam lui reviennent à l'esprit. Non seulement il va lui falloir ouvrir l'œil mais peut-être aussi changer de physionomie… et même de véhicule s'il veut semer ceux qui le pistent.

Mais qui donc pouvait bien avoir intérêt à faire rebondir l'enquête, quitte à diffuser une fausse information. La vie de Mylia est peut-être plus menacée que ne l'imagine Pam. Car après l'avoir présentée comme l'auteur des faits, organiser un faux suicide permettrait d'enterrer l'affaire.

XV

Le major de Pasmier a passé beaucoup de temps avec la juge d'instruction Caroline Mallet. Informée par sa greffière de la transmission des actes de procédure concernant l'identification d'Anton Dukinanko par son épouse, la séquence télévisuelle de BIF34 lui apparaissait surtout comme un dérapage, un de plus, lié à la course à l'info propre à certains médias. Pour être tout à fait exact personne au tribunal de Poitiers ne possédait d'alerte informant à la seconde près de la publication d'un nouvel élément sur l'enquête.

Une position évidemment plus confortable pour Pam attirant lui-même l'attention de la magistrate qui, de Poitiers, n'avait pas la même appréciation que le gendarme des conséquences possibles des révélations de BFI34.

— Depuis la publication de cette fausse nouvelle, explique le directeur d'enquête, le téléphone n'arrête pas de sonner. Les radios, télés et la presse quotidienne attendent une mise au point. Partant de l'adage qu'il n'y a pas de fumée sans feu, nos interlocuteurs estiment que le faux pas de leur confrère correspond néanmoins à un élément nouveau. Je fais barrage en expliquant que vous seule avez la possibilité de communiquer sur une procédure en cours.

— Quel est votre sentiment sur cette Mylia Dukinanko et avez-vous une idée de la façon dont votre ami journaliste l'a retrouvée ?

— Cet élément nouveau marque à mon avis le vrai démarrage de l'enquête. L'analyse des endroits où a borné le téléphone de Dukinanko va nous être précieuse. À partir du moment où l'on connaît l'identité de la victime, il doit être possible de prendre contact avec les autorités ukrainiennes pour savoir s'il faut creuser l'hypothèse d'un crime crapuleux ou si la personnalité de la victime laisse penser qu'on l'a éliminée pour je ne sais quelle raison liée à la guerre. Pour tout dire, j'ai le sentiment que son épouse a fait le service minimum.

— Vous pensez qu'elle joue un rôle actif dans la disparition de son mari ?

— Ça me paraît improbable, en revanche qu'elle n'ait rien remarqué pendant cette semaine de vie commune et n'ait posé aucune question m'étonne.

— Pourquoi s'est-elle adressée à ce journaliste plutôt qu'à la gendarmerie ?

— Elle craignait d'attirer l'attention des autorités sur un déserteur, elle ignorait le fonctionnement de la coopération entre les autorités françaises et ukrainiennes. D'après ce que j'ai compris elle n'imaginait pas vraiment que son mari puisse être « le crucifié de de Lamouroux ». Lorsque Antoine Ambien lui a présenté les preuves du contraire, plus rien ne s'opposait à ce qu'elle signale la disparition du militaire ukrainien.

— Vous croyez qu'il va publier cette information en priorité ?

— Nous ne pouvons pas l'en empêcher, il l'a obtenue tout seul et l'a recoupée auprès de nous. Je crois néanmoins que les liens tissés avec l'épouse du disparu le dissuaderont de la mettre en danger en publiant son nom.

— Avez-vous une explication à propos des photos prises dans vos locaux ?

— Elles n'ont pas été prises par un passant qui a vu de la lumière et sorti son portable. Ni par un journaliste en planque. Il serait venu nous trouver après avoir enregistré cette vidéo afin de nourrir son commentaire. Ce qui m'inquiète c'est que nos deux visiteurs ont vraisemblablement été filés par des gens liés à la disparition de Dukinanko. Ils ont envoyé la vidéo à BFI34 pour faire déraper l'enquête.

— Vous me laissez penser que le journaliste d'abord et la veuve par ricochet ont été repérés par les assassins ? Le dossier s'épaissit et sent de plus en plus mauvais, Major.

— Vous avez une idée de contre-feu ?

— Actuellement les éléments en notre possession ne permettent pas d'alimenter une conférence de presse. Avec un communiqué, nous nous mettons à l'abri de la curiosité des journalistes et nous démentons sans polémique le faux scoop de BFI34. Ce qui ne vous empêche pas de leur dire le fond de votre pensée si vous les avez au téléphone, mais ça nous évite de régler nos comptes devant les autres médias. Je m'occupe du communiqué. Dernière chose, n'oubliez pas de faire effectuer des prélèvements sur les enfants du couple pour ajouter la preuve ADN à la reconnaissance du corps par l'épouse. Je sais, on peut nous reprocher de manquer de compassion, mais il s'agit de bétonner le dossier. Après tout, personne jusqu'à présent n'a apporté la preuve d'un séjour de Dukinanko à Oléron avant sa disparition.

— Vous m'ouvrez des perspectives nouvelles, Madame la juge d'instruction.

***

Le coup de fil de la juge d'instruction, puis celui d'Antoine immergèrent totalement Pam dans l'enquête et l'appel du journaliste de BFI34 parvint à point nommé pour le trouver stimulé comme un boxeur en fin d'échauffement.

— Vous appelez probablement pour me présenter vos excuses par rapport à la bourde grossière que vous venez de commettre !

— Je ne vois pas ce qui vous autorise à dire ça. J'avais une information, je vous ai demandé de la confirmer, vous n'avez pas voulu le faire. La liberté de la presse c'est aussi de publier des informations même lorsque les autorités ne le souhaitent pas.

— Sauf que dans le cas présent ce n'était pas une information, mais une rumeur. Vous m'avez appelé pour me demander si nous avions interpellé les auteurs du crime sans me dire que vous aviez des images que vous vouliez interpréter. Comme les auteurs du crime étaient dans la nature et que je n'avais interpellé personne, je n'avais pas à infirmer ou à confirmer. J'ai eu le sentiment que vous prêchiez le faux pour savoir le vrai.

— Vous aviez bien eu deux personnes dans votre bureau que vous avez par la suite fait monter dans une voiture de la gendarmerie, avec un de vos collègues pour les conduire vers une destination inconnue ?

— Si vous vouliez savoir laquelle, il fallait nous suivre. Mais vous n'étiez pas devant la gendarmerie. Ni vous, ni vos collègues et vous avez voulu faire un scoop avec des images volées dont vous ignorez sans doute la provenance.

— Pas du tout, lorsque nous recevons ce genre de documents l'auteur de la vidéo reçoit une récompense. Je vous rassure tout de suite, j'ai parlé de récompense, pas de paiement. Il peut s'agir de places de spectacles, d'entrées au stade pour des manifestations sportives diverses…

— Et là qu'a-t-il demandé, le caméraman invisible ?

— Il faut que je vérifie au standard.

— Demandez-leur par la même occasion les coordonnées du mystérieux interlocuteur.

— Et le secret des sources, Major, vous en faites quoi ?

— Vous ne vous êtes pas demandé une seule seconde quel intérêt avait votre correspondant en vous faisant parvenir ces images ? Vous vous imaginez que les téléspectateurs de BFI34 de Charente-Maritime passent leur temps libre devant la gendarmerie de Saint-Agnant pour vous permettre d'être les premiers à révéler la vérité ?

— …

— Et bien permettez-moi de vous apporter une information, Monsieur le journaliste. Si votre inconnu a tourné ces images et vous les a envoyées en laissant entendre qu'il s'agissait des auteurs du meurtre, c'était pour faire dérailler l'enquête. Il a réussi puisque nous sommes en train de perdre une demi-journée à répondre aux affabulations de vos confrères.

— Mais alors Major, pour quelles raisons ces deux personnes se trouvaient-elles dans vos bureaux ?

— Je pourrais vous répondre que je n'ai pas uniquement le dossier du « crucifié de Lamouroux » à traiter. En fait, les deux personnes en question jouent un rôle dans ce dossier. Et notre caméraman invisible le savait, car lui aussi joue dans la pièce. Du côté des tueurs vraisemblablement. Alors donnant donnant, Monsieur le journaliste. Vous me livrez ses coordonnées et je vous dis pourquoi mes deux visiteurs se trouvaient dans mon bureau et même, parce que c'est mon jour de bonté, où je les ai conduits. Malheureusement pour nous deux, ce contrat risque de ne déboucher sur rien, car les éléments livrés pas votre correspondant sont vraisemblablement faux. Il n'est pas assez stupide pour commettre cette faute de débutant. Je vous laisse le vérifier, ça nous fera gagner du temps. Je vous conseille également vivement de publier sur votre antenne le communiqué du juge d'instruction si vous voulez continuer à exister aux yeux de la gendarmerie et de la justice.

Le gendarme n'est pas dupe, on peut publier tous les démentis possibles, le mal est fait.

***

Communiqué

Contrairement à ce que l'on a pu voir sur une chaîne de télévision, aucune interpellation n'est intervenue dans l'enquête sur le crime commis voici quelques jours sur ou près de l'île d'Oléron. Une avancée intéressante permet de penser à une élucidation de cette affaire par la gendarmerie et le pôle de l'instruction de Poitiers. Un certain nombre de vérifications restent à opérer avant que les enquêteurs puissent mettre officiellement un nom sur la victime de cette sauvage tragédie.

Caroline Mallet, juge d'instruction près la cour d'appel de Poitiers.

***

— Ils devaient se sentir morveux, ils ont déjà publié le communiqué, triomphe Maryse qui réussit à tenir sa maison, cuisiner tout en gardant un œil sur sa télé préférée.

L'hôtesse prend, comme à son habitude depuis six jours, une revanche personnelle en enregistrant le nouveau succès de son champion. C'est lui tout seul qui a réussi à identifier la victime, à accompagner sa femme, « La pauvre, si c'est pas malheureux, veuve avec deux enfants, si loin de son pays en guerre ! Y a quand même de l'injustice ».

Voici justement le champion qui descend de sa chambre.

— Maryse, je vais avoir besoin de votre aide.

L'intéressée s'avance, prête à servir, comme le militaire sort du rang à l'appel de son nom et s'immobilise au garde à vous.

— J'ai le pressentiment que celui qui a pris les photos devant la gendarmerie n'était pas là par hasard. Il nous a filés depuis Saint-Pierre. Il sait où habite la veuve et connaît mon véhicule. Pour déjouer une nouvelle filature, accepteriez-vous de vous déplacer à bord de ma voiture et de me prêter la vôtre ?

Maryse n'hésite pas une seconde à jouer un rôle actif dans l'enquête. Antoine tient quand même à préserver la vie de sa cuisinière.

— Attention Maryse, il ne s'agit pas, sous prétexte d'entraîner les tueurs sur une fausse piste, de vous aventurer dans des zones désertes. Vous circulez sur les grands axes, laissez la voiture sur un parking au centre de Saint-Pierre, et rentrez en prenant les transports en commun.

Évidemment, circuler en bus quand on se rêve James Bond girl, ça le fait pas vraiment. Mais Maryse a bon cœur.

— Vous ne voulez pas plutôt qu'on prenne ma voiture et que je vous conduise ? Ils ne connaissent pas forcément votre lieu de résidence. Nous pourrions aller chez un loueur de vélos à assistance électrique et en modifiant votre apparence vous gagneriez quelques jours de tranquillité pour votre enquête.

Maryse entreprend immédiatement de scruter son journaliste préféré pour le « relooker » avec les moyens du bord.

— Je suis désespérément célibataire et n'ai aucune garde-robe masculine. Peut-être le fait de raser votre barbe, chausser des lunettes sombres et vous affubler d'une tenue cycliste suffirait à donner le change.

Sacrifier une barbe qu'il chouchoute depuis cinq ans à coup de massages, passages répétés chez le barbier ! Il hésitait même à investir dans un accélérateur de barbe pour parvenir à la barbe hipster dont il rêve, même s'il doit changer sa garde-robe pour tenir son rang dans la classe supérieure des barbus. L'avantage, s'il suit les conseils de Maryse, c'est que ses sweat-shirts retrouveront une espérance de vie non négligeable.

Va donc pour la barbe, mais s'il a l'essentiel de la panoplie, il va devoir s'équiper d'un cuissard d'hiver, imperméable de préférence.

En deux coups de téléphone Maryse a réglé l'affaire.

— Je connais un loueur à Saint-Denis, il aura tout ce qu'il vous faut. Et comme il ouvre le magasin rien que pour nous, vous passerez inaperçu et pourrez redescendre la côte nord en toute tranquillité.

Le sacrifice fut cruel, mais immédiat. À son retour Antoine l'ex-barbu a perdu dix ans et Maryse retrouve un gamin. Son cœur de mère a brusquement éprouvé l'angoisse de l'offrir à tous les dangers.

XVI

Antoine a passé sa journée à l'abri du vent et de la pluie. Installé dans sa chambre bureau il a travaillé aux premiers chapitres du livre qu'il compte consacrer au « Crucifié d'Oléron ». Un second coup de fil de Pam, en fin de journée, vient élargir encore le champ des possibles dans ce meurtre aussi impitoyable que mystérieux.

— Tu n'as pas eu de nouvelles de nos amis de la télé ? s'informe le major en guise d'entrée en matière. En tout cas, ils ne nous ont pas donné le contact de leur interlocuteur.

— N'empêche qu'ils n'ont pas coupé les ponts, à Oléron mieux qu'ailleurs on connaît leur utilité, ironise le journaliste, en publiant in extenso le communiqué. La plupart des radios y ont seulement fait allusion, concluant que les enquêteurs piétinent.

— S'ils pouvaient nous oublier jusqu'à la fin de la trêve des confiseurs, soupire Pam, ça nous permettrait de travailler tranquillement, car nous avons un nouvel os à ronger.

Le ton mystérieux du gendarme allume immédiatement la curiosité d'Antoine.

— Je t'avais dit que je transmettrais les premiers éléments de l'enquête au service d'analyse du comportement du Pôle judiciaire de la Gendarmerie nationale de Pontoise. Cette cellule travaille sur la compréhension du passage à l'acte criminel. Ce peut être utile dans le cas de meurtres à répétition mais également pour des épisodes uniques présentant des caractéristiques particulières et sans mobile apparent. Notre crime entrait en plein dans leurs grilles d'évaluation. Sa mise en scène méritait réflexion. Ils ont vu tes photos et souhaitent savoir s'il était possible d'installer la victime différemment sur les tables.

— Tu as vu comme moi qu'ils avaient utilisé des crochets qui servent habituellement à attacher les poches d'huîtres. Leur longueur équivaut à peu de chose près à la largeur des tables, soit un peu plus d'un mètre. Là on avait affaire à un corps de près d'un mètre quatre-vingts. Il était donc exclu d'utiliser la même méthode d'où cette exposition spectaculaire, mais éventuellement utilisée de façon pratique.

— Ils n'ont pas la même analyse que toi à Pontoise. Ce que je t'en dis, c'est à l'ami que je le confie, pas au journaliste.

— Merci pour ta confiance Pam.

Antoine a l'intuition qu'il assiste à un rebondissement de l'enquête.

— Lorsqu'ils ont appris que notre victime était un Ukrainien venu mourir sur le banc de Lamouroux, la position du corps sur la scène de crime a parlé. Dans la tradition religieuse orthodoxe, André, frère de Pierre, tient le même rôle que saint Pierre dans l'église catholique. Saint André est l'évangélisateur de ce qui allait devenir l'Ukraine. Il est passé par la Crimée avant de finir sa vie à Patras sur la fameuse croix dite de Saint-André condamné par les Romains pour avoir converti la femme du proconsul. Les orthodoxes considèrent saint André comme l'évangélisateur de Kiev, première capitale de la Russie. Mais la Russie vient de rétablir la croix de Saint-André sur les pavillons de sa marine de guerre comme autrefois sur les navires de Pierre le Grand.

— Et donc ?

— Mes collègues estiment qu'il y a là-dessous un message russe.

— C'est une blague !

— Tu sais quand est célébrée la Saint-André ?

— …

— Le 13 décembre, autrement dit le jour où a probablement été commis le crime.

— Alors l'enquête n'est plus de ton ressort ? s'inquiète Antoine.

— Coiffé par la Section de Recherche de Poitiers, mon espace était réduit, si les services secrets mettent leur nez dans l'affaire on n'est pas près d'avoir la solution de l'énigme. Surtout si les résultats de leur enquête risquent de mettre en difficulté le ministère des affaires étrangères, peste Pam.

— C'est sûr que si les Russes peuvent venir éliminer en toute impunité un agent ukrainien sur le territoire français, Volodymyr Zelensky ne va pas envoyer ses félicitations à son ami Macron. Et toi, quel est ton sentiment ?

— Indécis, il faut savoir s'il s'agit d'une mise en scène symbolique ou simplement de maintenir le corps sur son support.

— Ce qui implique que les assaillants tenaient à ce que le corps soit découvert…

— … c'était, rappelle-toi ma théorie de départ, triomphe Pam.

— Tu as entendu parler d'agents russes quadrillant la Charente Maritime ?

Le major y perd son latin.

— En dehors de la période touristique on ne croise pas beaucoup de Russes sur la presqu'île… pas plus que d'Ukrainiens d'ailleurs et comme je ne parle pas plus le russe que l'ukrainien, je serais bien incapable de faire la différence entre les uns et les autres, à moins d'arrêter leur voiture lors d'un contrôle routier. Et puis, sur quoi porterait l'affrontement entre les deux belligérants ici ? Dans le Cher et le Loir-et-Cher où sont implantées nos usines d'armement et missiliers, peut-être. À Toulouse où des agents russes pourraient être tentés de saboter la fabrication d'avions… que la France refuse de fournir à l'Ukraine. Non, plus on avance dans cette enquête plus le mystère semble s'épaissir.

— La juge d'instruction te décharge de l'enquête, ou tu continues parallèlement la recherche judiciaire de la vérité ?

— Je ne l'ai pas encore eue en ligne. De toute façon il faut que je rencontre ton amie et ses enfants pour effectuer les prélèvements d'ADN.

XVII

Une affaire d'espionnage ! Antoine n'est pas au bout de ses surprises et commence sérieusement à croire que le destin lui fait un clin d'œil. L'histoire du journalisme est pleine de situations où une future gloire médiatique de la profession a eu la chance de se trouver au bon moment au bon endroit. Avec qui partager ce sentiment de plénitude ? Pour la première fois de sa vie il réalise qu'à un peu plus de trente ans, il n'a personne auprès de qui s'épancher. Trouver une épaule secourable pour consoler ses peines n'entre pas dans son mode de fonctionnement. Parce qu'il n'a pas connu de vrais grands malheurs ? Les deuils et les déceptions amoureuses firent évidemment partie de son parcours de vie. Une disparition oblige à reconstruire un équilibre, parfois douloureusement malmené. Celle de sa mère, juste à la fin de son adolescence, fut un choc que seul son environnement familial lui permit d'atténuer. Jusqu'ici Antoine réussit à faire face, y compris lorsque, plusieurs années après l'événement, le manque, insidieux, lui mine parfois le moral.

Là, face à une joie à partager, il ressent brusquement la sensation de vide. Le travail journalistique est une affaire d'équipe. Au sein d'une rédaction, on se vanne, on s'engueule, on s'envie, mais on échange. Et rien de tel qu'une info « gouleyante » – comme aimait à la dire un rédac chef qui ne buvait pas une goutte d'alcool – pour mettre en action toute une équipe. Cette fois, Antoine ne partage qu'avec son ordinateur cette montée d'adrénaline qui précède… Quoi en fait ? Que peut-il faire sans légitimité pénale, sans réseau ?

Cette nouvelle donne remet en cause l'organisation de sa prochaine journée. La balade à bicyclette attendra. Noyé au milieu des vacanciers, entre Noël et Nouvel An, il pourra fureter en toute discrétion sur la côte.

Sortir quelques temps de son enquête lui fera également le plus grand bien. Sa seule issue pour échapper à la solitude s'appelle Maryse. Elle non plus ne semble pas projeter de réunion de famille. Pour elle, Noël rime avec travail.

***

Dans le hall de la pension, Maryse se bat avec un sapin en pot dont elle tente de cacher les ramures fatiguées sous des guirlandes argentées et des boules bleues et blanches.

— Vos prévisions étaient justes j'imagine, la maison va être pleine pour Noël ?

— Bien vu, les réservations de dernière minute m'obligent à lui donner un air de fête. Et le marché du sapin est quasiment clos depuis une semaine !

— Vous voulez un coup de main ? Je ne suis pas un acharné des fêtes de fin d'année, mais c'est vrai que le sapin décoré est un incontournable dans votre activité touristique. Je vous vois bien en Mère Noël animant une soirée réveillon pour vos clients !

— Fichez-vous de moi en plus. Enfin, si vous n'avez rien de mieux à faire venez me tenir compagnie demain soir, je ne veillerai pas trop tard, les petits-déjeuners vont un peu m'occuper le lendemain, mais ça nous permettra de marquer le coup... En revanche vous serez de corvée d'huîtres.

— Marché conclu, Maryse. Je fournis les huîtres, prévois l'accompagnement nécessaire et je les ouvre.

***

Une excellente occasion pour Antoine de reprendre contact avec Alain Clair. Même s'il ne revient pas sur l'île, il préfère emprunter la voiture de son hôtesse pour rejoindre Chaillevette.

La transformation physique ne manque pas d'efficacité. Antoine doit se présenter aux ostréiculteurs qui n'ont absolument pas reconnu le jouvenceau. Toujours aussi peu démonstratif, Alain paraît pourtant apprécier sa venue.

— Vous arrivez après la marée mon gars. Je ne vais bientôt plus vendre que du goémon. Depuis mon passage à la télé tout le monde me réclame des huîtres du banc de Lamouroux. Les images du site ont eu plus d'effet que le cadavre.

— Vous êtes retourné sur le site ?

— Non, la zone est gelée, je me demande bien pourquoi, les collègues aussi commencent à faire la tête.

Il va pourtant falloir récupérer de la marchandise pour le jour de l'an. J'ai contacté la gendarmerie, ils pourront organiser un déplacement contrôlé sur Lamouroux après Noël.

— Pas trop embêté par les journalistes ?

— La télé m'avait demandé l'exclusivité…

— Bien joué Alain. Pas de visiteurs suspects non plus ?

— …

— J'ai moi-même été victime de filature, d'où ma nouvelle allure, alors vous qui êtes clairement identifié…

— Je ne crois pas, mais le nombre de nouveaux clients nous empêche de repérer toutes les allées et venues. En essayant de me suivre, ils ont gaspillé du carburant. Depuis une semaine, je tourne dix-huit heures par jour pour assurer les livraisons. Au fait, vous vouliez quoi ? Il ne me reste plus que des n° 1 spéciales.

Antoine comprend que le temps d'écoute de l'ostréiculteur est écoulé.

— S'il ne reste que des n° 1, je vais en prendre deux douzaines.

— Elles sont superbes je me les réserve pour la famille et les amis. Vous m'en auriez demandé davantage je vous aurais dit non. On ne va pas avoir besoin de brancher les alarmes, les vols d'huîtres ne passeront pas par Chaillevette cette année.

Le journaliste a même droit à un sourire de Jeanine après avoir payé.

— Merci encore et joyeux Noël à tous.

Antoine poursuit son périple à La Tremblade où un caviste lui conseille un blanc 100 % colombard.

— Il s'agit d'un vieux cépage local. Je le fais venir de chez Pascal Gonthier, un artisan du vin. Pascal a réorienté voici une dizaine d'années un vignoble destiné à produire du cognac. Ce joli vin parfumé avec un rien d'acidité qui fait penser à la rhubarbe est idéal pour accompagner vos huîtres de Chaillevette. Pourquoi donner toute la place au sauvignon ?

En sortant avec ses flacons, Antoine se laisse séduire par la charmante vitrine du fleuriste. Une fleuriste, en fait, délicieuse avec ses yeux en amande, ses boucles brunes et le grand tablier vert qui incite l'acheteur à « le dire avec des fleurs. ». Mais que veut-il dire à Maryse ? Juste la remercier du confort de sa pension et de l'attention plus que professionnelle dont elle l'entoure. Alors il choisit une composition associant d'odorantes jacinthes bleues et blanches dans un décor argenté, clin d'œil à la création tardive avec laquelle il l'a laissée se battre.

La jolie fleuriste prend le temps de magnifier la composition avec force papier et nœuds de raphia brun.

— Avec ça, lui adresse-t-elle avec un regard coquin, elle ne pourra pas vous dire non. Alors, Joyeux Noël.

Si on lui avait dit voici dix jours qu'il fêterait Noël à Oléron en tête à tête avec une quasi inconnue…

XVIII

Rien ne vaut un beau lever de soleil pour attaquer du bon pied, après avoir passé une journée à gamberger. En cette veille de Noël, le Coureau d'Oléron, ce chenal marin qui subsiste à marée basse entre le continent et l'île, brille de mille étoiles lorsqu'Antoine remonte le volet mécanique de sa chambre. Un cortège de véhicules traverse à vitesse réduite le viaduc. Entre les vacanciers venant fêter Noël dans les senteurs marines et les allées et venues des ostréiculteurs procédant aux ultimes livraisons dans la perspective du réveillon, le flux automobile prend un petit air estival. « Avant l'île » bruisse elle aussi de la proximité des fêtes. Les chocs de portes qui s'ouvrent et se ferment plus ou moins brusquement, cataractes d'eau répétées dans les canalisations, grincements des escaliers dévalés de pas rarement en rapport avec le poids de leur propriétaire, témoignent de cette fréquentation accrue. La salle du petit déjeuner a perdu sa quiétude et Antoine y devient un client parmi les autres. Tous ont droit effectivement aux viennoiseries fondantes et aux salades de fruits frais. Maryse y ajoute un sourire à l'adresse de son chouchou mais n'interrompt pas pour autant le service.

Le « coup-de-feu » révèle les pros de la restauration. Manifestement Maryse sait faire.

Antoine achève sa deuxième tasse de café lorsqu'un solo de saxo autoritaire fait se retourner les convives des tables voisines. Légèrement gêné, le journaliste s'empresse d'empoigner son portable et de quitter précipitamment la pièce. Le saxo est la sonnerie qu'il a sélectionnée pour identifier les appels de Pam. Il ne manquerait plus que toute la pension de famille profite en direct des avancées de l'enquête. Car pour le coup, au son de la voix du major, il y a du nouveau.

— Salut Antoine, lance la voix légèrement excédée. Tu sais où je suis ?

Normalement la réponse est « Non, mais tu vas me le dire », pourtant le journaliste évite de céder à son goût du bon mot.

— Que se passe-t-il major ?

— Il se passe tout simplement que tes Ukrainiens se sont volatilisés. Plus de voiture sur le parking, plus de bagages dans leur logement. La voisine elle-même dit ignorer ce qu'ils sont devenus. C'est toi qui leur as conseillé de changer de domicile, après le repérage de l'autre jour ?

— Tu plaisantes, je t'aurais évidemment demandé conseil et les aurais placés sous la surveillance de la gendarmerie. Souviens-toi de ma demande initiale.

Antoine sent l'inquiétude gagner la voix de son ami. Sans doute le sort du témoin l'inquiète-t-il, mais il redoute peut-être autant la réaction prévisible de la juge d'instruction lorsqu'il lui annoncera que la seule personne susceptible de faire avancer l'enquête vient de s'évaporer. « Je ne vous jette pas la pierre, Alceste, mais j'étais à deux doigts de m'agacer » pourrait lui répondre, en cette veille de Noël, Caroline Mallet en dénaturant la réplique culte du « Père Noël est une ordure ». Mais Alceste n'a vraiment pas la tête à la gaudriole.

— On se fait balader dans cette affaire, peste le major. Si ça se trouve, ta copine n'était qu'une épouse imaginaire et comme on n'a pas prélevé d'ADN on est de retour à la case supposition. Merde, merde et merde !

— C'est encore l'hypothèse la moins catastrophique, commente Antoine pour bien enfoncer le clou. Imagine que l'on retrouve trois cadavres supplémentaires une veille de Noël. Je te rappelle que j'ai joué loyalement mon rôle en te faisant profiter de mon info exclusive, mais je ne me suis pas livré à une audition judiciaire.

— Sais-tu si elle a d'autres relations en France, à part cette voisine qu'elle quitte sans rien dire...

— ... ou qui avait pour consigne de ne rien te dire. Mais je ne te vois pas la poursuivre pour entrave à la justice. Aucune disposition n'avait été prise pour que Mylia et ses enfants restent sur la presqu'île ?

Le blanc qui suit l'avertit qu'il ne faut sans doute pas continuer sur ce terrain. Il se contente donc de répondre à la question.

— À ma connaissance, c'est à la frontière Suisse qu'elle peut avoir des contacts. Avec l'association qui lui a trouvé ce point de chute en Charente maritime. Mais pour avoir été le témoin de son chagrin, je ne crois pas un instant à la théorie de la fausse conjointe.

Soit elle est allée trouver refuge auprès de sa famille, car elle n'est pas la seule a avoir fui l'Ukraine. Soit il lui est arrivé malheur.

— La rencontre avec un « nettoyeur » tu veux dire ? Sans ce seul témoin on peut effectivement refermer le dossier et le ranger dans l'armoire « cold case ». Mon dernier espoir repose sur l'ouverture ou non du traité de Prüm aux policiers ukrainiens. Ce traité permet des échanges d'informations judiciaires ultra rapides entre les polices de l'Union Européenne. Certains pays étrangers à l'UE en bénéficient. Avec ce système, à partir d'un prélèvement d'ADN, on vérifiera au moins si notre martyr est bien Anton Dukinanko. Je vais appeler la juge d'instruction et voir avec elle si on peut avoir cette vérification. C'est toujours utile de présenter à la fois un problème et sa solution…

Pour Antoine sentir la pression baisser du côté du major est aussi une bonne nouvelle

— De mon côté, je vais laisser passer Noël, mais j'aimerais pourtant bien tirer au clair cette histoire de bateau qui a transporté les assassins vers le parc à huîtres. Tu dois bien avoir un ancien gendarme en retraite sur l'île qui pourrait me servir de poisson pilote.

— Tu ne crois pas si bien dire, le surnom de cet ancien collègue était Dédé l'Anguille. Je pense qu'il habite toujours du côté de Saint-Denis. Comme son nom l'indique le mec est insaisissable. Il obtenait de bons résultats, mais je me demandais s'il fallait les relier à son ancienneté sur le terrain ou à des contacts moins avouables. Cela dit il n'a jamais fait l'objet d'aucune procédure et à son départ en retraite, voici bientôt deux ans, le ban et l'arrière-ban du groupement est venu célébrer ses mérites et l'aider à garder la forme sur un VTT flambant neuf.

— Merci Alceste, toi aussi tu laisses passer Noël avant de te préoccuper du sort des Ukrainiens ?

— Comme tu l'as dit fort justement, ils avaient l'autorisation de bouger pour aller fêter Noël. Il n'y avait pas de signes laissant penser à des violences dans le logement. Le signalement est donné aux frontières. Il sera temps de s'inquiéter si « Madame Dukinanko » oublie de récupérer le corps de son mari. Mais appelle si tu reçois un message de vœux de « ta » veuve !

— Promis, mais il ne faudrait pas que ça vire à la psychose. Joyeux Noël major.

***

Vingt-heures viennent de sonner au clocher de l'église Saint-Louis lorsqu'Antoine rejoint Maryse.

— La bourriche prenait le frais sur l'appui de fenêtre. La température convient parfaitement à leur épanouissement.

Un couteau à huîtres et un gant de protection en caoutchouc attendent l'opérateur. Il trouve deux larges assiettes et un réceptacle à couvercles pour exercer son art dans les meilleures conditions. Les n° 1 spéciales se marient parfaitement avec le couteau et Antoine les exécute alors qu'un délicieux fumet de crustacés s'échappe du faitout mijotant à feux doux sur la cuisinière à gaz. En sectionnant le muscle reliant les deux valves (comme l'expliquent excellemment les animatrices de Fort-Royer) il ne peut s'empêcher de penser que les poches voisinaient peut-être avec le cadavre du martyr de Lamouroux. Un frisson rétrospectif l'agite. L'association huîtres cadavre ne tient pas la route un seul instant face au raisonnement clinique, mais l'inconscient vient jouer les trouble-fête. Antoine balaie le souvenir des moules frites du soir de sa sortie en mer. Il ne va pas gâcher ce réveillon impromptu face à Maryse.

Les deux assiettes et leurs quartiers de citrons n'attendent plus que la maîtresse des lieux. Antoine a même trouvé un tire-bouchon pour aérer le colombard. La composition florale trône sur la table de fête lorsque Maryse paraît en haut noir moulant et sarouel chic en tissu fluide imprimé de tons gris verts.

— Jamais je n'avais imaginé fêter Noël en Charente et en si charmante compagnie. Vous êtes ravissante.

Maryse a beau savoir à quoi s'en tenir sur les compliments masculins, un coup d'encensoir, même violemment asséné, provoque toujours un picotis agréable de l'ego, voire un frisson de plaisir lorsque l'auteur du compliment trouble délicieusement la complimentée. Bref, elle rosit.

— Antoine vous devriez avoir honte de tenter de séduire une femme mûre sous prétexte que votre métier vous bloque à Oléron. Cependant vos fleurs sont magnifiques.

— Vous me sauvez de la perspective la plus démoralisante. Passer seul une soirée de Noël, quel cauchemar !

— Je suis une fille de l'assistance publique. Sans famille, sans enfant, vous imaginez combien de noëls j'ai pu passer seule. En travaillant dans la restauration j'avais le sentiment de participer à la fête en faisant le service. Ce tête-à-tête inattendu rappelle des souvenirs charmants… mais c'est la vie. Ne manquerait plus que je verse une larme pour délayer mon rimmel.

Antoine stoppe ce trop-plein d'émotion en tendant à son hôtesse un verre de colombard. Ils trinquent et elle lui adresse un baiser volant. Maryse est heureuse.

Les n° 1 spéciales sont charnues à souhait, avec un parfum d'iode et une fraîcheur incomparable. L'hôtesse a sacrifié un homard qu'elle sert avec une sauce coraillée et une compotée de haricots verts. Un joli plat mêlant la teinte verte des haricots et la sauce crémeuse rosée dissimulant à peine les chairs du homard. Beau et délicieux.

Le journaliste déguste religieusement, mais la trêve culinaire de Noël ne résiste pas bien longtemps au sujet qui les réunit.

— Au fait, se lance Antoine, la famille ukrainienne a disparu des écrans radars.

— Enlevés !

Entre deux maux, l'hôtelière ne choisit pas forcément le moindre. L'enquête de son locataire, elle la vit comme un feuilleton à rebondissements. Une famille partie fêter Noël au bord du Léman, bof ! Ça ne vaut pas une histoire d'espionnage revivifiant son attention.

— Je n'ai aucune idée à quoi peut ressembler un espion russe.

— Je l'imagine avec des yeux bleu acier et une chapka évidemment…

— … avec une kalachnikov en bandoulière et une bouteille de vodka « Étoile rouge » dépassant de la poche de sa veste de cuir noir, ben voyons.

Antoine arrache sa coéquipière à la caricature hollywoodienne de l'ennemi russe et préfère la ramener à son vécu oléronais.

— Mon major m'a parlé d'un ancien gendarme, probablement en retraite sur l'île qui pourrait m'aider à retrouver le bateau des meurtriers. Un certain Dédé l'Anguille.

— Nous on l'appelait Dédé l'Embrouille car il avait une technique infaillible pour dresser les truands les uns contre les autres.

— Pam s'interrogeait sur la façon dont il obtenait ses informations, justement.

— De la plus vieille du monde, sur l'oreiller.

— …

— Il avait quelques gagneuses sous sa coupe. Attention, je n'ai pas parlé de maquereau, simplement des filles qu'il avait tirées d'un mauvais pas et qui lui avaient fait allégeance, comme on dit chez les djihadistes. Entre elles et lui il n'était pas question d'argent, même si les câlins ne lui étaient pas facturés, mais en échange de sa bienveillante attention elles lui remontaient tout ce qu'elles apprenaient dans les bars de nuit.

— Et il n'y a jamais eu de représailles ?

— Je n'ai pas eu vent de disparitions, peut-être quelques baffes pour celles qui manquaient de discrétion, mais Dédé avait des dossiers et pouvait faire tomber les récalcitrants quand il le voulait.

— Il vit sa retraite à Oléron ?

— Je m'occupe du dessert et je vous explique.

Maryse s'affaire auprès du four qu'elle avait laissé chauffer, y enfourne une sorte de bûche qu'elle laisse quelques minutes à l'intérieur. Une bouteille de cognac attend sur le plan de travail le moment de flamber l'omelette norvégienne.

— Je ne suis pas trop bûche de noël, en revanche face à l'amalgame génoise, glace à la vanille et meringue, je fonds... surtout si une lichette de cognac vient réveiller le tout.

Antoine regrette de ne pas avoir prévu quelques bulles pour accompagner le dessert dont le sucre va écrabouiller son vin charentais, mais Maryse a tout prévu et lui tend une bouteille de champagne. L'épreuve du muselet ne lui prend que quelques instants, le temps pour l'hôtesse d'apporter son plat illuminé de flammes parfumées.

— Joyeux Noël, Maryse, lance le jeune homme, un peu ému en lui tendant une flûte.

— Joyeux Noël, répond-elle, profitant du moment où ils trinquent pour lui déposer un baiser sur la joue. Merci d'être là.

Difficile de discuter avec une glace à la vanille et de la meringue dans la bouche. Antoine laisse son hôtesse satisfaire sa gourmandise.

— Je connais très bien Dédé, moi aussi j'ai été son informatrice... en échange d'aucune protection je vous rassure. Simplement on s'estimait. Jusqu'au jour où il a fait passer ses intérêts avant notre complicité. Je quittais le routier de Cormarin et devenais moins intéressante pour lui.

— Et il est toujours sur l'île ?

— Je l'ai croisé à plusieurs reprises sur le marché de Saint-Denis, l'un des plus agréables de l'île au printemps. Gendarme retraité, il voulait absolument me payer un pot, pour se faire pardonner peut-être. On a papoté et il m'a montré où il était installé, dans une maison basse de la rue du port, juste à l'entrée de la vieille ville. Il m'a dit qu'il passait sa retraite sur l'eau ou sur son VTT, mais on ne se refait pas, il garde ses concitoyens à l'œil.

Prendre une chambre chez Maryse, quand on est journaliste, s'appelle joindre l'utile à l'agréable. D'abord Cormarin, puis Dédé, tel le petit Poucet il n'a qu'à suivre les cailloux blancs. S'il foire son enquête il ne pourra s'en prendre qu'à lui.

— Vous ne voulez pas qu'on mette un peu de musique ?

Dans le conte aussi Poucet trouvait refuge… dans la maison de l'ogre.

XIX

— Dédé accepte de nous recevoir, j'ai arrangé l'histoire en disant que tu venais faire des papiers sur l'île, il nous attend cet après-midi. J'ai quartier libre jusqu'à dix-huit heures car à partir de ce soir la fournée du jour de l'an va commencer à débarquer.

Le « nous » et le « tu » lui écorchent un peu ses oreilles, mais Antoine doit convenir que sans Maryse son enquête piétinerait.

Le crucifié a disparu des colonnes du journal local, l'affaire n'occupe pas les conversations dans les bars où le journaliste laisse traîner ses oreilles, absorbé en apparence par la lecture d'un polar régional de Florian Horru. La veuve a déserté. Il reste apparemment le seul dépositaire du souvenir d'Anton Dukinanko.

Apparemment, car Maryse n'a pas lâché l'affaire et siffle la fin de la trêve de Noël. Quant au tu, le sacrifice de son corps le soir de Noël fut une capiteuse capitulation. Un trophée que l'hôtesse revendique à juste titre comme bien personnel. Sans parler d'un « coup d'un soir », leur aventure correspondait à des conditions bien particulières qui, a priori, ne se reproduiront pas.

Temps gris, marée basse, le cliché hésite entre le noir et blanc et le sépia. L'île lumineuse souffre d'une absence de soleil lorsque les deux enquêteurs franchissent le pont. Ça tombe bien, ils n'envisagent pas de promenade romantique, main dans la main sur les plages de sable blanc. Ils reprennent leur collaboration pour résoudre l'énigme du crucifié le plus vite possible.

***

André Poislier, dit « Dédé », surnom prolongé de qualificatifs divers en fonction des relations qu'il entretient avec les publics rencontrés, cultive une plastique corporelle impeccable. Pas une once de graisse sur un squelette d'un mètre quatre-vingts, un ventre plat, un visage en lame de couteau, rasé de près. Dédé ne cède rien à la mode. Pas de barbe donc, une chemise plutôt qu'un tee-shirt et surtout pas de baskets de jogging. « Nous ne sommes pas en séance de gymnastique », administrait-il aux stagiaires qui s'avisaient de débarquer à la caserne sans les chaussures noires et la chemise réglementaires.

Il est né à Saint-Denis et y mourra sans doute. La seule exception concédée à sa vie d'ilien, il la doit à la gendarmerie. Rochefort n'existait pas à l'époque et il se retrouve Montluçonnais. Joli mais un peu loin de la mer. Heureusement, la punition ne dure qu'un an et en sortant major de sa promo, il peut choisir d'être affecté en Charente Maritime. Il refuse toute mutation risquant de l'éloigner de son île. À la gendarmerie de Saint-Agnant, son immobilité l'empêche de dépasser le grade d'adjudant. La récompense de ses bons et loyaux services consiste en une affectation estivale – juillet et août – chaque année au bureau de gendarmerie installé au-dessus de la capitainerie du port de Saint-Denis.

Ce psychorigide ne s'encombre ni de femme ni d'enfants, mettant toutefois son respect des règles de vie entre parenthèses… pour les besoins du service et ses besoins masculins par extension. Bref, le Dédé appartient à la catégorie des séducteurs auxquels les dames ouvrent leur cœur et leur lit, certaines d'avoir rencontré le gendre idéal. Encore une fois, il ne déroge pas à son éthique et ne séduit que des estivantes venues à Oléron sans leur mari ! Quant aux informatrices de son réseau, elles entrent bien entendu dans la catégorie des besoins du service et les qualités… physiques de Dédé les incitent de temps à autres, à resserrer les liens.

À soixante et un ans, avec sa condition, sa retraite et son temps libre, Dédé envisage l'avenir sereinement. Mais on ne se refait pas. Lorsqu'il circule sur la terre ou sur l'eau, la défense de son pré carré préside à ses observations. Il connaît les rituels de tous les propriétaires des bateaux du port et leurs vices forcément. Il s'est offert un ordinateur pour mettre en fiche ses congénères avec un classement entre les « sans intérêt », les « à surveiller » et les « à exploiter éventuellement ».

L'amour est sans doute aveugle, pas le destin. Il place Dédé l'Anguille sur la route d'Antoine car il voit clair dans le jeu du journaliste et décide de lui donner les moyens de réussir.

***

Les vieilles maisons aux murs épais régulent les écarts de températures. En revanche leurs ouvertures modestes ne favorisent pas l'entrée de la lumière, hivernale en particulier. Une quasi-pénombre règne dans la salle à vivre du logement de la rue du Port lorsque Maryse et Antoine frappent chez André Poislier. Le journaliste a un sourire intérieur en constatant l'effusion entre son hôtesse et l'ancien gendarme. Ces deux-là vécurent autrefois une histoire plus qu'amicale à l'évidence. Au terme d'une franche poignée de main l'adjudant donne un peu de lumière pour découvrir son visiteur. Il le conduit vers la table ronde rustique qui occupe le centre de la pièce. Un feu de bois odorant et pétaradant, derrière le pare-feu, anime l'espace et apporte une chaleur toute relative, Dédé vit au grand air.

Maryse tient son rôle d'entremetteuse, elle trace un bref portrait des deux interlocuteurs, sans oublier le rôle joué par Antoine dans la révélation du crime du banc de Lamouroux. Dédé n'est pas dupe.

— Et évidemment tu comptes sur moi pour mettre ton ami sur la piste des assassins, maugrée-t-il avec un sourire témoignant qu'elle a visé juste.

— Te connaissant je ne peux pas croire que tu ne te sois pas intéressé à ce qui se passe sur ton île !

— Bien vu, l'attitude de mes anciens collègues en revanche m'agace un peu. Retraité depuis un peu plus d'un an et déjà oublié, soupire-t-il.

— À ceci près, précise Antoine que je dois le contact d'aujourd'hui au directeur d'enquête. Il sait que si la solution du crime se trouve sur l'île, vous êtes le mieux à même de la découvrir.

— Ah, quand même ! Seulement s'il ne juge pas utile de recueillir mon témoignage, signifie qu'il-ne-privilégie-pas-cette-option, comme je disais régulièrement dans mes points presse.

Une pétarade plus violente que les autres fait sursauter Maryse et illumine la pièce. Le baromètre en cuivre pendu au mur face au foyer, luit brièvement.

— Et quelle option privilégiez-vous ? glisse Antoine, mine de rien.

— À Oléron comme dans bien des endroits de France, la xénophobie gagne du terrain. Quand l'enquête a révélé que la victime venait d'Ukraine, je me suis intéressé à la mouvance d'extrême droite qui peine à lâcher Poutine.

— ... Les enquêteurs se demandent s'il ne s'agit pas d'une affaire d'espionnage et craignent d'être dessaisis de l'enquête au profit de la DGSI...

— Déjà qu'ils pestent lorsque la section de recherche de Poitiers vient coiffer leurs enquêtes, alors là, se retrouver sous la coupe de policiers, j'imagine l'ambiance.

— Mais vous ne connaissez pas la meilleure : l'épouse du crucifié... volatilisée avec ses deux enfants !

— Le contre-espionnage l'aurait déjà mise à l'abri, craignant pour sa sécurité ?

— Les malfaisants connaissaient à coup sûr son adresse, on s'est fait filer le jour où je l'ai conduite à la gendarmerie pour l'identification du corps.

— Élémentaire !

— Votre surveillance des extrémistes a donné quelque chose ? Pour ma part je suis passé prendre une bière au Boyarturf, il ne faut pas les gratter trop longtemps avant qu'ils s'énervent.

— Le Cormarin est à la tête d'une belle bande d'abrutis. Il vaut mieux éviter de les croiser en période électorale, surtout si l'on fait un peu métèque. De là à envisager un meurtre et une telle mise en scène…

— Je me dis aussi que si on retrouve l'endroit d'où est partie la barque qui transportait le corps on fera un grand pas en avant.

— Bonne remarque jeune homme. Je me suis aussi posé la question. À moins de venir de Fouras, la liaison entre le continent et le banc de Lamouroux manque de discrétion. Et puis la victime vivait sur l'île. Pourquoi envisager l'agression sur le continent ? Il faut donc privilégier le départ d'un des ports de la côte nord. Le plus simple, c'est Château d'Oléron. Là encore l'animation du port rend les embarquements un peu trop visibles. Ensuite… et bien vous n'avez pas trop le choix : c'est Boyardville et son chenal qui n'en finit pas, le port du Douhet ou Saint-Denis.

— Et en partant de Fort-Royer ?

— Il faut pouvoir mettre un zodiac à l'eau et jouer avec les marées. Abandonnez l'idée mon ami. En revanche le Douhet, c'est séduisant. Dix jours avant Noël il n'y a pas un chat, seulement s'il y avait eu du mouvement à cette époque, je le saurais.

— …

— J'ai donné un coup de main à un ami qui refaisait l'étanchéité de sa barque. Avec ce qu'on s'est pris sur la gueule en travaillant, je peux vous dire qu'elle est étanche et que personne n'est venu nous perturber pendant le chantier.

— Il ne reste plus que Saint-Denis... mais avec la gendarmerie sur place et la capitainerie je ne vois pas bien un bateau sortir avec un prisonnier sur le pont, avance Antoine pour montrer qu'il a travaillé le dossier.

— Le poste de gendarmerie ne fonctionne qu'en été lorsque la population de Saint-Gilles explose et que l'activité du port est intense, avec en particulier les bateaux étrangers qui relâchent sur la jetée qui leur est réservée. Les bateaux extérieurs sont tenus d'annoncer leur arrivée et leur départ, les autres se signalent, par sécurité, s'ils partent au large. Ceux qui naviguent dans le pertuis d'Antioche vont et viennent à leur guise.

— J'estime que le meurtre a eu lieu le 13, vous vous souvenez des conditions de mer ce jour-là ?

— Attendez, il a un peu plu le matin et les conditions se sont améliorées au fil de la journée. On a terminé le chantier avec du soleil et 15° l'après-midi. Un temps de début de printemps.

— Grosso modo les conditions que j'ai connues le 15, lors de la découverte du corps. Compatibles avec un aller et retour entre Saint-Denis et le banc de Lamouroux ? Car il faut compter six heures de mer pour faire le voyage et déposer le corps.

— ... Sans oublier de composer avec la marée, précise le gendarme en retraite, une demi-heure d'immobilisation sur le banc. Ce qui signifie un départ tôt dans la matinée, les parcs étaient à sec vers dix heures le 13 et un retour en milieu d'après-midi.

— Bonjour la discrétion !

— Je ne veux pas médire de mes collègues, mais le temps qu'ils optent pour cette possibilité, ils auront perdu un temps précieux en investigations et les éventuels témoins n'auront plus aucun souvenir de ce qui s'est passé sur les quais.

— Et vous n'avez pas de caméras de surveillance pour savoir qui entre et sort du port ? s'inquiète Maryse qui n'a pas perdu une miette de l'échange.

Les deux hommes la regardent avec reconnaissance, le temps que Dédé réalise que le port de Saint-Denis ne dispose pas d'un tel équipement.

— En revanche, la municipalité avait décidé de mettre des caméras sur le parking de l'avant-port car les plaintes pour dégradations de véhicules se multipliaient. Reste à savoir si elles fonctionnent en dehors de la période estivale.

— Malheureusement nous n'avons aucune justification officielle pour visionner les bandes, si elles n'ont pas déjà été effacées, se désole Antoine.

— J'ai conservé d'excellents contacts avec les filles de la capitainerie, sourit Dédé. Je peux voir si mon charme continue d'opérer.

Maryse apprécie modérément le machisme du gendarme, au point de refuser une tasse de café avant de prendre congé.

— J'ai un vrai métier, moi. Des touristes à accueillir pour enrichir le département et aider l'État à payer les retraites de ses fonctionnaires.

Dédé ne s'offusque pas de la pique et convient de reprendre contact avec le journaliste dès qu'il aura pu consulter les images de la vidéo surveillance.

XX

Antoine marche sur des œufs pendant le voyage retour. Évidemment il doit remercier Maryse pour ce renfort inespéré, tout en feignant d'ignorer que le gendarme n'a rien à refuser à la tenancière.

— Avec un conseiller technique de ce niveau il n'est pas du tout impossible que j'apporte la solution aux gendarmes sur un plateau, si la piste locale est la bonne. Je ne v… te remercierai jamais assez.

Décidément, le « tu » as encore du mal à venir naturellement dans sa bouche, Maryse a un sourire, prend la main de son passager et dissipe la gêne.

— Ne t'inquiète pas, je suis déjà largement récompensée de mes efforts et je retrouve toujours Dédé avec plaisir.

La main de la conductrice s'attarde entre les siennes, Antoine est bien dans cet habitacle qui l'isole d'un temps maussade. La bonne nouvelle désormais serait que Mylia rentre à Saint-Pierre. Il aurait alors l'esprit libre pour se concentrer sur son intuition d'un crime xénophobe. Reste à trouver en quoi la présence d'Anton représentait un danger pour ses agresseurs.

— Si tu veux, on peut faire un tour par la clinique.

— …

— La clinique du vélo. C'est le loueur le plus proche de chez moi. Aghilas, son patron, est un ami.

— Un de plus, mais pourquoi porte-t-il ce drôle de prénom. Il est grec ?

— Pas du tout, sa mère venait d'arriver à Saint-Pierre et cherchait un prénom original pour le bébé à naître. Comme elle était ravie d'habiter près du Pertuis d'Antioche elle a choisi un prénom qui corresponde à sa situation géographique.

— Mais Antioche n'est pas en Grèce.

— Non, en Turquie, mais comme Aghilas n'est pas non plus un prénom grec l'imbroglio est parfait. L'essentiel est qu'il s'y connaisse en vélos.

Ce bref voyage en absurdie les a mis de bonne humeur, au point d'oublier le crachin qui s'est une nouvelle fois invité alors qu'ils descendent de voiture pour rejoindre la rue du Maréchal Foch.

Il manque à Aghilas des boucles à ses cheveux, un nez parfait et quelques centimètres pour avoir le profil grec. Le petit homme brun est charmant et claque la bise à Maryse avant de s'intéresser à Antoine. Ce dernier lui explique son choix d'une bicyclette à assistance électrique pour circuler sans peine sur l'île.

— … et pour être bien vu des automobilistes car nos vélos bénéficient d'un éclairage de qualité, en cette saison ce n'est pas négligeable.

Maryse a terminé le parcours en voiture et Antoine utilise la distance qui le sépare de Bourcefranc pour apprivoiser sa monture. Pratique, sécurisant puisque le vélo n'avance que si son cavalier pédale, la seule alternative est de trouver le bon rapport pour progresser le plus confortablement possible en ménageant la batterie. Rien à voir avec la merveilleuse « bicyclette qui roule toute seule » sur laquelle on ne pédalait que pour monter les côtes, dopé par le parfum de la Solexine !

***

Antoine a lâchement abandonné Maryse en rejoignant « Avant l'île », la laissant accueillir les touristes et se réfugiant dans sa chambre pour faire le point de son enquête avec Pam.

— Mes hommages major. Tu n'as toujours pas reçu la visite des chasseurs d'espions ? La trêve des confiseurs doit faire partie du régime spécial des agents secrets.

La plaisanterie mérite une réponse du même acabit.

— Et toi, ton Ukrainienne ne t'a pas envoyé de boîte de friandises pour ton Noël ? Bien la peine que tu te décarcasses !

— Elle n'a pas encore de retard, les Ukrainiens fêtent le Noël orthodoxe le 7 janvier. Ils se demandent d'ailleurs s'ils ne vont pas choisir le Noël chrétien pour accentuer encore la coupure avec l'église russe.

— Je vois que tu es à fond dans le sujet. Tu as autre chose à m'apprendre ? Moi je n'ai pas avancé, ma demande d'identification par les autorités ukrainiennes est à ce jour sans réponse.

— Je n'ai encore rien de nouveau, renchérit Antoine, mystérieux, mais ça pourrait venir.

— Tu as rencontré Dédé l'Anguille !

— Exact et notre collaboration part sur de bons rails. En revanche il apprécie modérément d'être oublié par ses anciens collègues.

— Tu sais bien qu'officiellement nous ne pouvons pas introduire dans l'enquête d'informations recueillies en dehors de la voie officielle. Si je t'ai donné ce contact c'est pour vous permettre d'agir officieusement, quitte à intégrer vos trouvailles dans mon enquête par une audition officielle le cas échéant. Mais tu penses bien que je n'ai pas demandé l'avis de la proc'.

La nuit du journaliste a oscillé entre l'escalade cycliste des dunes à fort pourcentage, débouchant sur des plateaux de caramels venus de l'est, et le pédalage panique pour échapper aux tirs des snipers, dirigés par un pope à la barbe fleurie admonestant ses ouailles sur le risque, également mortel, du péché de gourmandise pour passer, un jour, les portes du paradis.

***

Inoxydable Maryse, impeccable dans son ensemble jeans pull mohair aux teintes orangées, ses cheveux blonds rassemblés en courte queue de cheval pour la commodité du service des petits déjeuners, s'active auprès de la dizaine de clients de l'arrivage du bout de l'an. Elle trouve tout de même le temps de venir embrasser son journaliste préféré.

La clientèle a changé. Plus de familles avec enfants, mais des couples plutôt jeunes venus terminer l'année en amoureux. Des couples à l'allure sportive, sans problèmes de fin de mois. Antoine pense à des Parisiens, mais Bordeaux n'est pas loin et tous les Bordelais ne vont pas au cap Ferret. L'arrivée du café, des viennoiseries et de la salade de fruits frais (mais où prend-elle le temps de tout faire ?) vient interrompre son étude sociologique de café du commerce.

Maryse traverse la salle le sourire aux lèvres en brandissant son téléphone portable. « Dédé », a-t-elle le temps de murmurer avant de reprendre son service. Antoine s'apprête à sortir pour répondre au gendarme honoraire mais le message est bref : « j'ai du nouveau, retrouvons-nous en fin de matinée chez moi. » Le temps de grimper dans sa chambre, d'enfiler une tenue anti-humidité, coiffer un casque et chausser des lunettes fumées, le journaliste peut enfourcher incognito son vélo électrique pour remonter l'île jusqu'à Saint-Denis.

Dès le passage du pont l'assistance électrique fait la différence. Le vent de face ne perturbe pas la progression du jeune homme qui trouve même le temps d'admirer le paysage chahuté par des bourrasques de sud-ouest venues du golfe de Gascogne. En géométrie, la ligne droite est sans doute le plus court chemin d'un point à un autre, mais sur l'île d'Oléron, les automobilistes chassent impitoyablement les deux roues vers les pistes cyclables. C'est donc en traversant Dolus, Arceau et ses marais, Saint-Pierre, Sauzelle, Saint-Georges et La Brée d'où l'on roule en admirant la mer, que l'intrépide cycliste rejoint Saint-Denis. Bobby Lapointe lui donne la cadence de pédalage « tic-tac, tic-tac, ta Katy t'a quitté, tic-tac, tic-tac, ta Katy t'as quitté, tic-tac, tic-tac, ta tactique était toc, ta Katy t'a quitté... » Cette histoire de Russe blanc, noir au bout d'un comptoir, est effectivement idéale pour pédaler dans l'allégresse. Les diodes de son compteur montrent qu'il a été raisonnable, sa batterie est encore aux trois quarts chargés.

***

En arrivant chez Dédé, Antoine a droit au café que Maryse a dénigré la veille. Accompagné d'un doigt de cognac, il redonne un coup de starter au cycliste.

— Maryse avait raison, avoue humblement Dédé, c'était bien sur les bandes vidéo qu'il fallait regarder pour attraper un premier fil à tirer.

— Vous avez isolé un indice ?

— Mieux, j'ai peut-être trouvé la voiture d'un des membres du commando. Cela va me coûter quelques dorades royales de ma prochaine pêche, mais on n'a rien sans rien.

Et Dédé de sortir une photo du parking sur laquelle il a entouré une Lada rouge corail un peu fatiguée. Antoine attend l'explication qui ne va pas manquer de suivre.

— Cette voiture, jeune homme, attaque Dédé professoral, est arrivée sur le parking de l'avant-port le 13 décembre à huit heures.

— Vous avez vu quelqu'un en sortir ?

— Ne rêvons pas, on ne va pas trouver la solution assis dans un fauteuil en admirant l'écran. En revanche j'ai deux informations en plus de la date d'arrivée : d'abord le nom de son propriétaire, Adam Dupont et ensuite au 28 décembre sa Lada est toujours en stationnement sur le parking ! D'où mon interrogation : où est passé Adam

Dupont. Un Gus d'un peu plus d'un quintal ne disparaît comme ça derrière une étoile de mer. Parce que le père Adam, il ne faut pas lui en promettre. Il ne se nourrit pas seulement de pommes. Il paraît qu'il a été agent immobilier avant de venir passer sa retraite à Oléron. Il aurait été catcheur que ça n'aurait surpris personne.

Sur son ordinateur, Dédé dévoile la fiche d'Adam Dupont, avec photo bien entendu. Le zèbre impressionne d'autant plus qu'il arbore le maillot des All Blacks avec sa fougère argentée taille XXL plus. La fiche indique que le Monsieur est célibataire, père d'un fils avec lequel il a perdu tout contact. Arrivé à Saint-Denis d'Oléron en 2019, l'ami des Blacks doit avoir autour de 65 ans. Il possède, et là Antoine sursaute, un semi-rigide équipé d'un moteur Mercury de 80 CV.

— Un bateau amarré à Saint-Denis ?

— Exactement monsieur le curieux. Toujours à son point d'amarrage, je l'ai vérifié pendant que vous faisiez la route. La bâche est tirée si bien que l'on ne voit rien à l'intérieur mais Adam n'a pas disparu en mer... enfin pas avec son bateau.

— Parce que vous croyez à une disparition !

— Oh moi, je ne crois rien, répond un rien hautain l'ancien militaire, comme l'aurait joué Jean Gabin au moment de sa gloire. Je fais des constatations, isole les indices et lorsque j'ai suffisamment d'indices concordants, je construis un raisonnement. Juste l'inverse de ceux qui partent d'un a priori et tentent de malaxer les indices pour corroborer leur idée de départ.

Dédé n'a pas dit journalistes, mais Antoine ne doute pas un seul instant que sa corporation obtienne une note très en dessous de la moyenne dans le tableau d'indice d'utilité que renferme forcément l'ordinateur. Au mieux, bénéficient-ils de la mention « sans intérêt » puisque, on l'a vu, il n'existe pas de case « nuisibles ».

— Et s'il était sous la bâche ? lance le jeune homme pour tenter de déstabiliser Dédé.

— Aucun risque, s'il y avait un mort dans le bateau les goélands se seraient occupés de la bâche. Aussi solide soit-elle. La pourriture les met en appétit.

— Et où comptez-vous prendre de ses nouvelles ?

— J'ai bien envie d'aller tendre mes lignes à Boyardville.

— Au port ?

— Non, dans l'antre des crânes rasés.

***

Quand Dédé et Antoine débarquent au Boyarturf, l'heure de l'apéro vient de sonner. Il a le dos large le réveil à apéro. Une délicate odeur d'anis flotte dans l'air. Dans certains endroits, ce parfum accompagne la météo estivale, dans d'autres il est culturel. Et plus c'est culturel, moins on met d'eau ! Tout cela pour dire que le comptoir soutient utilement certains *apérophiles* matinaux.

— Ben, t'a oublié ton pistolet Dédé, lance en guise de bonjour l'un des plus matinaux.

— Et toi t'as oublié d'appeler la Hélène ? pour qu'elle te ramène à la maison.

La répartie de l'ancien gendarme déclenche l'hilarité générale.

— Alexis, qu'est-ce que tu as comme Fort-Boyard en pression ?

— J'en fais plus, pas assez de débit, les clients la trouvent trop chère. J'ai de la Saint-Omer blonde, bonne pour la soif.

— C'est vrai qu'ici les soiffards constituent ton fonds de commerce.

Dédé a l'art de s'attirer la sympathie des crânes rasés. Heureusement l'anis a anesthésié leur agressivité.

— Alors mets nous deux pressions continentales.

Lorsque Cormarin revient avec son plateau, Dédé l'invite à s'assoir à leur table.

— Tu ne sais pas où est passé Adam ?

— Adam ?

— Adam Dupont, laisse tomber, agacé, Dédé, tu en connais trente-six ? J'ai besoin de lui parce que mon ami est en train de faire un reportage sur Oléron et il me faut un bateau qui navigue à côté du mien pour lui permettre de me filmer avec différents points de vue de l'île qui défilent à l'arrière-plan.

En écoutant le gros mensonge développé avec une assurance que rien ne peut altérer, Antoine se dit que Dédé pourrait écrire des romans… policiers par exemple. Alexis ne paraît pas s'alarmer non plus, l'affabulateur n'a pas utilisé le terme honni de journaliste. Cinéaste agresse moins les neurones. Il détourne néanmoins la question.

— Oléron en cette saison n'offre pas son visage le plus accueillant.

— Ce qui l'intéresse c'est Oléron côté mer, le travail des pêcheurs, des ostréiculteurs, un peu de marais salants sans doute aussi…

— Ben, je suis comme toi. Adam je ne l'ai pas vu depuis… avant Noël dis donc. Ça fait une paye. Je ne me rendais pas compte, mais maintenant que tu m'en parles.

Et le patron de prendre ses amis à partie.

— Quelqu'un a croisé Adam dernièrement ? Ces messieurs le cherchent.

L'interrogation se heurte à un mur d'indifférence, Alexis n'avait transmis le message qu'en sa qualité d'aubergiste soucieux de ne pas contredire le client, qui a toujours raison, mais avec la conviction que son appel resterait lettre morte. Tout juste Maxime surprend-il l'attitude d'un costaud aux bras tatoués, ancien marin probablement qui lance un regard noir vers la table, sans manifester autrement son intérêt pour la question.

— En tout cas, conclut Dédé en reposant son verre vide, si sa voiture reste encore longtemps sur le parking de l'avant-port de Saint-Denis, je ne sais pas comment il va démarrer son antiquité.

Conscient d'avoir suffisamment jeté le doute dans les esprits embrumés des crânes rasés, l'ancien gendarme règle sa tournée et pousse la porte, le journaliste sur ses talons. Antoine comprend mieux le surnom de Dédé l'embrouille donné parfois à son ami. Il a lancé une bombe flottante « Nous avons retrouvé la voiture de votre ami » à destination des éventuels complices de Dupont. Il ne reste plus qu'à attendre leur réaction.

— Vous avez mis le pied dans un nid de guêpes, estime-t-il dès qu'ils se retrouvent dans la rue. Vous n'avez pas peur de vous faire piquer ?

— Si effectivement il s'est passé quelque chose avec Adam, la première chose qu'ils vont tenter c'est de faire disparaître la voiture. Ils ne sont pas censés savoir que je dispose des images de la vidéo surveillance que tes amis gendarmes pourront récupérer en toute légalité.

— Dans l'affaire on est la couille dans le potage. Un costaud aux bras tatoués semblait plus intéressé que les autres. Et s'il leur prenait l'envie de nettoyer large ?

— Il s'agit d'Arthur Lefroigner, 32 ans, un ancien matelot, je n'ai pas noté sa réaction mais il était effectivement au comptoir. Il a fait cinq ans de marine nationale avant de se faire virer pour indiscipline. C'est à mon avis le plus violent de la bande et lui aussi habite Saint-Denis. Tout ce que je peux te conseiller pour le moment, c'est de rentrer chez toi en ouvrant l'œil. Pour ma part, je vais planquer pour savoir qui s'intéresse à la Lada.

Une fois de plus Dédé avait vu juste, hélas.

XXI

En quittant Dédé, Antoine descend la rue du port et débouche sur le fameux parking, face au bassin. Il ne reste que quelques véhicules dont la Lada rouge passé, orpheline de son mystérieux propriétaire. Il s'approche, fait le tour du véhicule, comme Dédé avant lui très certainement. Dupont a gardé, de son passé d'agent immobilier un soin jaloux. Pas question de déplacer son client dans un gourbi… ni d'afficher des signes extérieurs de richesse qui puissent conduire l'impudent à marchander les honoraires ! Bref, tout est en ordre dans la carlingue. Et comme le coffre n'est pas visible de l'extérieur, notre cycliste peut juste rayer la case RAS. Les averses à répétition ont joué le rôle de station de lavage et rien n'indique qu'elle stationne sur place depuis longtemps. Il ne s'attarde pas et entreprend de rejoindre la plage en passant devant la capitainerie. La marée est basse, le sable humide va lui permettre de rouler jusqu'au village de vacances Le Neptune d'où il récupèrera la piste cyclable de La Brée. L'assistance électrique doit transformer cette traversée en partie de plaisir.

En passant devant les rangées de jolies cabines de plage multicolores il stoppe brutalement. Ce n'est pas le sable creux qui perturbe son cheminement. Il faut qu'il vérifie quelque chose.

Entre la cabine à toit plat bleu pâle dont la porte est frappée d'une ancre de marine et sa voisine blanche, rayée de rose façon parure de lit, il aperçoit une roue de vélo. Il contourne la première rangée et s'enfonce entre les deux alignements de vestiaires de plage. Le grand vélo noir façon Amsterdam ne risque pas d'aller beaucoup plus loin. La roue arrière a été récupérée par quelqu'un qui en avait certainement besoin, la selle a également disparu. Le panier avant en revanche n'a pas trouvé preneur. Le vélo porte le numéro 25 et il vient… du centre de vacances d'Oléron la Martière !

Une remarque de Mylia revient à l'oreille d'Antoine, une remarque qu'elle a fait à Pam lors de sa déposition « *je ne sais pas ce qu'Anton a fait de ses journées. Il partait le matin tantôt à pied, tantôt à bicyclette quand je conduisais les enfants à l'école, car le centre a mis à notre disposition des vélos que l'on peut utiliser sur tous les terrains.* » Le jeune homme n'est pas joueur, mais il y a fort à parier qu'il vient de retrouver une nouvelle pièce à conviction : le vélo qu'utilisait Anton le jour de sa disparition, abandonné à Saint-Denis ! Pam va encore faire des bonds lorsqu'il lui fera son rapport, ce soir, mais l'enquête de gendarmerie est un peu sommaire depuis l'identification du crucifié de Lamouroux.

Doit-il mettre le vélo en sécurité chez Dédé ? Il faudrait d'abord vérifier que son hypothèse est bonne. Combien de vélos de location échouent en pièces détachées à Oléron chaque année ? Et puis, quel risque court-il ? Si les probables agresseurs de l'Ukrainien n'ont pas fait disparaître cet indice, c'est sans doute tout simplement parce qu'ils ne savaient pas que leur victime se déplaçait à bicyclette. Le journaliste sort tout de même son téléphone de sa poche pour photographier sa trouvaille sous toutes les coutures.

Effectivement, avec l'assistance électrique, la traversée de la plage « c'est de la balle ». Il faut juste descendre de vélo et pousser un peu pour venir à bout de la mini dune qui longe le bâtiment bleu et blanc du Neptune.

De la piste de La Brée, Antoine admire l'écluse à poissons, parfaitement à sec et évidemment l'omniprésent Fort Boyard et ses énigmes télévisuelles. La sienne, il le sent, perd peu à peu de son mystère. Il traverse le village, poursuit vers le port du Douhet et retrouve la piste cyclable à Plaisance. Le voilà désormais à l'abri de la pinède des Saumonards où il rebondit de buttes en buttes, avalant les côtes sans effort. Tout va bien jusqu'à l'entrée de la route menant à la plage de la Gautrelle. Un pick-up à la couleur indéterminée est stationné en bordure de la piste, seul véhicule sur ce grand espace « Il aurait dû se mettre en travers de la piste pendant qu'il y était, grogne intérieurement Antoine. » La porte passager s'ouvre au moment où le cycliste arrive à sa hauteur. Le jeune homme tente un écart désespéré pour éviter l'obstacle. Une manœuvre qui l'expédie au tapis alors que deux costauds descendent du véhicule. Antoine n'a pas le temps d'inventorier les douleurs occasionnées par la chute. Le voilà empoigné par deux silhouettes de chasseurs encagoulés.

— Tu nous les brises menu à fouiner partout. Alors, on va t'expliquer pourquoi faut pas continuer.

La voix est rauque, le ton inquiétant, comme le poing qui vient s'écraser sur la joue du journaliste. Il ne s'est jamais battu de sa vie, ne sait pas éviter les coups. Un deuxième, juste sous les côtes, lui coupe la respiration. On le lâche, il s'écroule, on le fouille et son téléphone change de main.

— Là où l'on va t'envoyer, tu n'en auras plus besoin.

Et la brute de massacrer l'appareil à coups de talon.

La correction reprend. Une mandale géante sur la joue droite vient rétablir l'équilibre du premier gnon. À moitié dans les vapes le pantin n'est plus qu'un gros ballon que viennent percuter les grolles des deux chasseurs footballeurs. Ils n'ont pas de questions à lui poser. Apparemment c'est un gêneur qu'il faut éliminer. Un mélange de sang et de vomi verdâtre s'échappe de la bouche du supplicié. Ils le traînent comme une guenille dans les broussailles qui bordent le parking et y jettent en prime le vélo. Une agression gratuite, ou plutôt un contrat exécuté sans état d'âme. Ils remontent dans leur utilitaire et quittent les lieux cinq minutes après la rencontre.

Une bonne trentaine de minutes plus tard, la fraîche quiétude des lieux est troublée par l'arrivée d'un étrange équipage. Deux cyclos campeurs lourdement chargés qui ont entrepris d'aller finir l'année au pied du phare de Chassiron. Angelo n'était pas enchanté de l'initiative de sa femme, mais elle n'en est pas à une excentricité près et secoue régulièrement la quiétude de son compagnon. Angelo aime Rosalina. Et c'est l'amour qui va sauver Antoine, car qui d'autre qu'eux auraient pu apercevoir le vélo électrique.

— Che cos'é questa luce che si intravede tra i rovi ?[1]

Angelo met son vélo déménageur sur la béquille et s'approche du roncier où clignote le feu rouge du vélo électrique d'Antoine. Il apprécie en spécialiste la qualité du modèle RBC et son moteur de 250 Watt.

— Incredibile Rosalina guarda la batteria non è nemmeno bloccata[2].

Le fait que l'utilisateur n'ait pas bloqué la batterie, même s'il s'agit d'un vélo de location incite Angelo à venir voir de plus près.

— Vieni a vedere non c'è solo la bici ma anche un ragazzo ferito[3].

Angelo allume sa frontale et inspecte le tas de vêtements qui gît près du cycle.

— Il ragazzo ha fatto un incidente[4].

Le résultat de ce qu'il peine à considérer comme un accident l'incite à dégainer son portable et à lancer un appel à l'aide. Évidemment, il n'a pas de réseau, mais lorsqu'il propose à sa compagne de rester près du corps pendant qu'il va chercher du secours, il se heurte à un solide refus.

— Io non voglio assolutamente restare qui da sola, tesoro mio. Vuoi forse sbarazzarti di me per non doverti accampare a Chassiron ![5]

---

1. — Qu'est-ce qui peut bien clignoter au milieu des ronces ?

2. — Incroyable Rosalina, la batterie n'est même pas verrouillée.

3. — Viens voir le vélo n'est pas tout seul.

4. — Si c'est un accident, le garçon n'a pas fait les choses à moitié.

5. — Il n'est pas question que je reste toute seule ici, mon chéri. Tu veux te débarrasser de moi pour ne pas avoir à camper à Chassiron !

Angelo coupe court à la querelle amoureuse. Tous deux enfourchent leurs machines après avoir grossièrement mis Antoine à l'abri du froid et pédalent à toute allure vers la première maison éclairée de Port Douhet.

***

Lorsqu'Antoine rouvre les yeux, il aperçoit dans un brouillard une ligne sombre au-dessus de lui. Il est allongé sur un support assez confortable, dans un lieu clos où il fait bon. Son corps n'est plus qu'une douleur, mais s'il évite de faire le moindre geste, ça va.

On parle autour de lui, il ne comprend pas de quoi, ni qui l'entoure.

— La curiosité est un vilain défaut, lance une ombre qui se penche vers lui.

Le journaliste n'est pas arrivé au stade où le cerveau retrouve son agilité. Il ne comprend pas où il se trouve, se souvient vaguement de sa rencontre avec les brutes, mais entre l'agression et ce réveil, il n'a pas conscience que plusieurs heures se sont écoulées.

— Si tu avais passé la nuit dehors mon gars, je ne sais pas dans quel état on t'aurait retrouvé. Mais Arnaud Dublanc, un copain du port du Douhet était la première personne rencontrée par les cyclistes qui t'ont retrouvé. Il a aussitôt pensé à ce bon vieux Dédé et j'ai rappliqué.

L'ancien gendarme ne cherche pas à en apprendre davantage, il se doute bien que l'agression de son ami n'est pas étrangère à leurs investigations. Antoine n'a pas vraiment compris ce qu'on lui raconte, il a simplement le sentiment d'être au chaud, en sécurité. Un prénom lui échappe pourtant.

— Maryse ?

— On l'a prévenue, elle sera là dans une demi-heure.

Le blessé s'est rendormi entre ce bref échange et le passage d'un médecin. Après avoir palpé les multiples hématomes, arrachant quelques plaintes au supplicié, le toubib lâche dans un grand sourire.

— Parfait, il n'a rien de cassé.

Un peu plus bas, à l'adresse du public valide, il précise tout de même

— J'espère simplement que les coups reçus dans les organes, le foie en particulier, n'auront pas occasionné de lésions. Une hémorragie interne serait évidemment problématique. Mais il est jeune, relativement musclé. L'idéal serait de le garder en observation une nuit à l'hôpital.

— À la moue de Dédé, le praticien comprend que l'option proposée ne provoque pas une adhésion enthousiaste.

— Pensez-vous que notre ami puisse être transporté dans une voiture particulière.

C'est le toubib qui affiche cette fois une moue dubitative.

— Si vous voulez lui donner une chance de plus de mourir, vous pouvez toujours essayer, mais je ne réponds de rien.

— La difficulté docteur, c'est qu'en faisant venir une ambulance on a toutes les chances d'indiquer aux agresseurs que leur victime a été retrouvée, vivante de surcroît. Or pour les besoins de l'enquête… et la sécurité de notre ami, il est préférable qu'ils pensent s'en être débarrassé.

L'homme de l'art secoue sa tignasse grisonnante.

— Dans ce cas, gardez-le ici si c'est possible et veillez-le toute la nuit. En cas de sommeil comateux, appelez-moi… mais cette fois vous n'échapperez pas à l'hospitalisation.

— Avant de partir, il rédige une ordonnance, prescrivant anti douleurs, pommades cicatrisantes, onguent pour les bleus, compresses et bandes.

Arnaud Dublanc, trop heureux de se rendre utile, a accepté de transformer son logement en dispensaire. Il part immédiatement à la recherche de la pharmacie de garde. Antoine va donc avoir pour quelques heures encore, la grosse poutre noire du plafond comme ligne de partage de son horizon. Il vient de replonger dans le sommeil après avoir absorbé un peu d'eau.

Dédé approche un fauteuil et prend la première garde. En faisant l'inventaire de son frigo, Arnaud a sorti un pot de rillettes de la mer. Un reste de pain et un coup de rouge, qui vient tout droit des vignes de son voisin, permettront d'entretenir le moral de la troupe.

***

Il est près de minuit lorsque Maryse rejoint le port du Douhet. Un couple de clients est arrivé à pas d'heure, elle a dû les attendre.

— Alors ? s'inquiète-t-elle à peine la porte passée.

André l'embrouille se veut rassurant, il la prend dans ses bras et lui murmure à l'oreille.

— Tu ne vas pas le perdre ton petit journaliste, mais il peut s'estimer heureux. Enfin lorsqu'il sera en état d'estimer quoi que ce soit. Pour le moment il n'est pas très présentable, mais le médecin est passé. Rien de cassé. Il voulait le faire hospitaliser. Trop dangereux. Il ne faut pas que l'agression s'ébruite.

— Antoine fera sa convalescence à la maison.

— On verra ça demain. Il faut le surveiller toute la nuit. On pensera plus tard à le déplacer.

Effectivement Maryse découvre une tête de boxeur après un ko sévère en pénétrant dans la pièce à vivre. La barbe commence tout juste à repousser et les ecchymoses qui parsèment les joues « des traits de son maître ont détruit l'harmonie », aurait sans doute commenté Edmond Rostand.

Lorsqu'elle pose ses lèvres sur le front du blessé, elle l'entend murmurer.

— Ils ont voulu me tuer, mais l'enquête continue.

— Tout va bien, mon chéri, je suis là.

Ils restent un long moment main dans la main, Antoine a du mal à respirer par la faute d'une narine sanguinolente, mais il est paisible. Il avale un anti-douleur, au retour d'Arnaud. Maryse étale un peu de pommade sur les plaies du visage. Malgré la douceur de ses gestes chaque contact provoque une crispation. Le blessé est calme lorsqu'elle décide de rentrer à Bourcefranc, vers trois heures du matin, le laissant sous la surveillance de Dédé. Il lui faut dormir un peu et accueillir sa maisonnée au petit déjeuner.

Elle redescend l'ile sans repérer aucune voiture suspecte ni croiser âme qui vive.

XXII

Il est dix heures le lendemain lorsqu'Antoine émerge d'un sommeil paisible. Comme si on l'avait plongé dans le coma, le temps que la douleur s'apaise. Un sommeil paisible, néanmoins ponctué de gémissements lorsqu'il bouge sur le canapé. Dédé patiente tout de même une trentaine de minutes avant d'entendre les premières paroles sensées prononcées par le malade. Tout commence par : « Oh ma tête, oh ma tête. » Des mots auxquels le gendarme honoraire répond par un grand verre d'eau dans lequel danse un comprimé effervescent.

— Ah c'est vous mon adjudant. Je ne sais pas ce qui m'est arrivé mais ça fait plaisir de vous revoir.

— Je t'avais dit d'ouvrir l'œil, mais ça n'a pas suffi. Heureusement, deux cyclistes sont passés sur le parking de la plage de la Gautrelle. Ils ont d'abord aperçu ton vélo dont le feu rouge arrière clignotait dans les ronces et, en s'approchant, ta carcasse sanguinolente. Comme ils ne pouvaient pas faire grand-chose pour toi ils ont poursuivi leur route jusqu'ici, chez mon pote Arnaud. Il m'a appelé pour savoir ce qu'il pouvait faire, je l'ai rejoint et suis allé te récupérer avec ma voiture.

— Maryse ?

— Tu l'as décidément dans la peau. Elle est venue passer une partie de la nuit près de toi. Elle est repartie s'occuper des clients de la pension. Nous allons te conduire chez elle dès que tu supporteras un voyage en voiture.

— Pam est au courant ?

— Qui est Pam ?

— Le major Alceste de Pasmier, je le connais depuis que je suis gamin.

— Je n'ai encore remonté l'info à personne. De quoi te souviens-tu exactement ?

— Je suis arrivé sur le parking, un pick-up était stationné tout au bord de la piste cyclable et une portière s'est ouverte brutalement. J'ai donné un coup de guidon pour l'éviter. Je suis tombé et deux types m'ont cogné dessus. Ensuite je ne me souviens de rien.

— On n'a pas retrouvé ton téléphone, ils te l'ont pris ?

Le blessé a un moment d'absence, très loin d'être en état de reprendre l'enquête. Il rouvre les yeux.

— Je revois un des types l'écraser en disant quelque chose comme « tu n'en auras plus besoin. »

— Les deux cyclistes ne m'ont pas parlé de portable…

— …

— Oui, j'ai leurs coordonnées, pour que tu puisses les remercier et qu'ils déposent dans le cadre de l'enquête. À propos du portable, on a peut-être une chance de le retrouver s'ils se sont contentés de l'écrabouiller. Si tu n'as besoin de rien je file faire un tour au parking.

Lorsque Dédé quitte la pièce Antoine s'est de nouveau assoupi, vaincu par l'effort demandé par ce court échange.

***

Vieux réflexe professionnel, lorsque Dédé revient sur le parking il se gare à l'écart et visualise le terrain comme une scène de crime. Il connaît l'endroit où a été retrouvé le corps, il doit désormais définir le lieu de l'agression à partir des explications succinctes de la victime.

Il reprend donc la piste venant du port du Douhet. Elle longe la végétation sur le côté droit. Le camion était donc sur la gauche du cycliste. Dans quel sens ? Sans doute lui tournait-il le dos, la présence de passagers aurait attiré son attention. Ce serait donc la portière passager qu'il aurait tenté d'éviter. Heureusement on est fin décembre et la voie n'est guère empruntée. Il parvient à localiser des traces de roues pouvant correspondre au 4X4 et un endroit où le gravillon est éparpillé, là où le véhicule a redémarré brutalement, suite à l'agression. Les traces de la chute du cycliste ne sont pas évidentes à déterminer. L'étau cependant se resserre car Dédé identifie la traînée laissée par le corps tiré vers les ronces par les deux agresseurs. Rien sur le bitume... sinon un morceau de plastique noir recueilli religieusement. Dédé a un mouchoir à la main, en prévision d'une découverte imminente. Bingo, la petite merveille technologique a vraisemblablement été propulsée d'un coup de pied rageur vers le fossé.

Mais elle s'est accrochée à une formation d'agaric des trottoirs un peu beaucoup fatigués. L'amas de débris est soigneusement enveloppé dans le mouchoir. Seul la carte intéressera les geeks de la gendarmerie.

C'est au tour de Dédé de sortir son téléphone pour figer la scène. Ce sera autant de temps de gagné pour ses collègues. On ne voit pas grand-chose à travers le cadran de l'appareil. Un détail va pourtant intéresser les enquêteurs.

***

Maryse n'a pas pu attendre le coup de téléphone de Dédé, elle a rappliqué dès la fin du service du petit-déjeuner avec une valise de vêtements de rechange pour son protégé. Arnaud est dehors, une clope au bec, au moment où l'ancien gendarme le rejoint.

— Elle est en train de faire la toilette et les pansements, je me suis senti de trop et puis la vue du sang… Ils l'ont quand même salement amoché le gamin.

Lorsque la gentille infirmière leur ouvre, un peu plus tard, Antoine a meilleure allure même si son visage affiche déjà de jolis cernes jaunes dégradés jusqu'au presque noir.

— Il a bien morflé, mais est capable de redescendre en voiture jusque chez moi. Ça t'ennuierait Dédé de rapporter le vélo chez Aghilas à la Clinique du vélo…

— Décidément c'est une journée à thème, s'esclaffe le gendarme.

Maryse apprécie moyennement le trait d'humour, pourtant posé juste à propos il faut le reconnaître…

— Je ne veux plus qu'il monte sur cette bécane avant la fin de l'enquête !

— Tu es sûre qu'il est en état de voyager ?

— Ne vous en faites pas Dédé, la bête est solide, lance une voix de l'intérieur du salon.

Effectivement Antoine a repris du poil de la bête, pas complètement présentable, mais assis sur le canapé et vêtu de propre.

— J'ai même réussi à petit déjeuner, triomphe-t-il. En tout cas merci Arnaud, vous m'avez sauvé la vie et vous Dédé faites bien attention à vous. On a mis les pieds dans un nid de guêpes et on n'a encore aucun élément concret pour orienter les enquêteurs de la gendarmerie vers les fachos de Boyardville.

— Je vais passer un réveillon pépère, promet le gendarme et on reprendra l'enquête dès les effluves du Nouvel An évanouies.

Il a fallu que Dédé et Arnaud soutiennent le journaliste pour l'aider à s'installer dans la voiture, mais il avait le pouce levé pour saluer ses amis lorsque Maryse reprit la route de Bourcefranc.

***

Maryse presse la main de son passager en conduisant. La voilà émue, plus qu'elle n'aurait pu l'imaginer.

— Tu aurais pu te faire tuer par ces brutes. Je ne sais pas si j'ai été quelque fois plus inquiète de ma vie.

La pression des mains s'intensifie et Antoine réalise que depuis quinze jours, son environnement sentimental se résume à sa voisine. Il n'a même pas donné un coup de fil à sa famille pour Noël, il est bien auprès d'elle et l'agression l'a rendu encore plus demandeur de la tendresse de Maryse.

— Ce n'était vraiment pas le moment de te donner ce surcroît de boulot, plaisante-t-il pour dissiper l'émoi.

Il ne lâche pas pour autant la main de la conductrice et tous deux poursuivent en silence la traversée de l'île. Il est des moments où les mots ne sont pas indispensables pour établir la communion. Antoine doit par ailleurs garder un peu d'énergie pour faire la synthèse de ce nouvel épisode à Pam à son arrivée à Bourcefranc, c'est la règle du jeu.

Le journaliste ne refuse pas l'aide de sa compagne pour descendre de voiture, prend le temps de se redresser. Ça craque d'un peu partout mais la remise en route est moins douloureuse que redoutée. Avec l'aide de la rampe d'un côté et de Maryse de l'autre, il parvient à se hisser jusqu'à sa chambre. Heureux de se retrouver chez lui. Sans doute aurait-il réussi à se déshabiller tout seul, mais l'infirmière ne lui laisse pas le choix et accompagne le strip-tease de baisers tendres sur les ecchymoses multiples.

— Merci, murmure le blessé, au chaud sous la couette, en prenant les lèvres qui s'offrent.

— Ne me remercie pas idiot et récupère vite, je n'ai aucune vocation d'infirmière lui sourit-elle, coquine, en retournant à ses activités d'hôtelière.

Antoine vient de réaliser qu'il lui faut récupérer sa carte téléphonique pour joindre son gendarme chaperon. L'appareil est évidemment inutilisable, il a surtout été en contact avec les pieds de son agresseur et ses propres empreintes parsèment l'appareil. Quel risque fait-il courir à l'enquête en le manipulant ? Une dernière pensée l'assaille avant qu'il ne sombre dans le sommeil. Ce téléphone est le seul moyen dont dispose Mylia pour reprendre contact avec lui. Et il a la certitude qu'elle va se manifester. Il verra tout ça à son réveil.

***

La nuit tombe lorsque le blessé émerge. Il lui faut solliciter de son hôtesse un portable en état de marche et une pince à épiler pour libérer la puce de « l'écrabouillis ». Original d'ailleurs, habituellement c'est la puce que l'on tente d'écraser, pas son environnement. Justement Maryse passe la tête dans l'entrebâillement de la porte.

— J'ai un vieux portable, il doit être déchargé mais c'est l'affaire d'une demi-heure, le temps que tu bricoles ta ruine.

Il n'a pas fallu tout ce temps à Antoine pour extraire la puce et transférer contacts et photos sur le nouveau support. Trente minutes plus tard son nouveau compagnon était prêt à renouer le contact avec le monde moderne.

— Bonsoir Pam, Antoine.

— Tu as une drôle de voix, et puis il te reste encore un peu de temps pour me souhaiter une bonne année. Tu ne t'es pas mis en vacances ?

Antoine raconte par le menu la suite de ses investigations jusqu'à l'agression sur le parking de la Gautrelle.

— Bon l'important c'est que tu sois en sécurité, sans trop de casse. Vous êtes persuadés que tout résulte du deuxième passage au Boyarturf ?

— Simplement nous n'avons pas de preuves, sinon quelques indices.

— Je t'écoute.

— Tout d'abord l'histoire de la Lada, immobilisée sur l'avant-port alors que le bateau de son propriétaire est toujours à son emplacement.

— Mouais, encore faudrait-il démontrer qu'il n'a pas quitté l'île pour les fêtes… avec une copine par exemple. Quoi d'autre ?

— J'ai aussi retrouvé près du port un vélo de location, un peu amputé. Il venait du village de vacances de La Martière. Mylia m'avait expliqué qu'Anton se déplaçait parfois à bicyclette. Si l'on vérifie que c'est bien à lui que le centre louait le vélo, on aura fait un sacré pas en avant.

— Ta théorie est qu'on l'a enlevé à Saint-Denis ?

— Sans savoir qu'il se déplaçait à bicyclette sinon on aurait fait disparaître l'indice.

— Oui, encore que si les kidnappeurs ont autant de jugeote que tes agresseurs, qui laissent traîner un portable sur la scène de crime, on peut douter de tout.

— Ça mérite pour le moins des vérifications.

— Ce sera fait Antoine rassure-toi. Il faut aussi que je me renseigne discrètement pour savoir où est passé Dupont. J'aimerais récupérer les photos du vélo et tu m'as dit que Dédé avait aussi des photos du parking où a eu lieu l'agression. Elles serviront pour mon dossier d'enquête, demande-lui de me les transmettre.

Désormais ce qui nous aiderait à avancer ce serait la réapparition de ton Ukrainienne, car nous pourrions lui poser des questions plus précises pour comprendre ce que faisait son mari.

— J'ai la conviction qu'elle va reprendre contact dans les heures qui viennent. Si elle ne se manifeste pas, j'enverrai un message en annonçant que l'enquête progresse. Soit elle appelle soit elle ouvre le message, d'une manière ou d'une autre on pourra la localiser.

— À moins que madame Dukinanko n'ait jamais existé.

— Décidément tu fais une fixette sur la thèse espionnage et services secrets. Ça ne s'agace pas trop du côté du parquet ?

— Calme plat, les magistrats respectent et entretiennent les traditions. La trêve des confiseurs en fait assurément partie.

— Ce sera répété et amplifié, Major. En attendant, termine bien l'année. On reprend contact dès les premiers jours de 2023.

— Et toi, laisse-toi câliner par Maryse. Avoue que tu n'es pas mal tombé, à Bourcefranc.

XXIII

Mes hommages, Madame la juge et meilleurs vœux pour 2023 qui s'ouvre.

— À mon tour de vous souhaiter le meilleur Major. Quelles nouvelles ?

Caroline a passé la fin de l'année tranquillement en Berry, avec Emmanuelle et leur fille Anaïs dans leur maison de Mers-sur-Indre. Elle a fait le plein de sérénité et attaque cette nouvelle année avec la conviction que la justice va venir à bout de la pile de dossiers qui encombrent son cabinet.

— Les choses bougent un peu sur l'île d'Oléron. Il semble que les investigations de notre Tintin berrichon dérangent certaines personnes. Il a eu droit à un cassage de gueule en règle. Au point même que si des passants ne l'avaient pas repéré à temps, l'affaire se serait très mal terminée.

— Pour qui il se prend votre ancien élève ? Un justicier de bande dessinée ? Je ne peux même pas le dessaisir de l'enquête puisqu'il n'a jamais été autorisé à la mener et qu'il existe en France, pays de la Liberté, un principe de séparation des pouvoirs qui va de pair avec la sacro-sainte liberté de la presse. Sans oublier la protection des sources.

— Je ne crois pas qu'il soit sorti de son rôle de journaliste. Simplement, il a mis les pieds dans un bar, tanière des militants d'extrême droite, et même encore un peu plus à droite. Je ne sais pas s'ils sont mouillés dans l'histoire de l'Ukrainien ou si simplement il est venu déranger leurs petites affaires, néanmoins ils se sont bien défoulés. Je l'ai eu au téléphone deux jours après les faits, il n'avait pas encore complètement récupéré. De quels éléments dispose-t-on ? Du nom du bar, de l'identité, en plus du patron, d'un ancien marin qui n'hésite pas à castagner… un peu maigre.

— Juste de quoi classer sans suite.

— Il a pourtant levé deux lièvres à mon avis.

— Je vous écoute,

Caroline retrouve d'un seul coup sa zénitude.

— Il pense avoir retrouvé à Saint-Denis la bicyclette de location de l'Ukrainien.

— Abandonnée là par les agresseurs ?

— Non, plutôt rangée entre les cabines de plage par notre défunt avant d'aller faire un tour dans le secteur. Deuxième élément, la voiture d'un habitué du Boyarturf est en stand-by sur le parking du port depuis le jour du crime.

— Et ?

— Le loustic a disparu des radars.

— Ça vous fait deux os à ronger Major. Excellent. Cela n'empêche pas que je passe un savon au camarade Ambien. Manquerait plus qu'il y laisse sa peau. J'ai assez d'un cadavre sur les bras.

— Pas de nouvelle de la DGSI ?

— Non, a priori les chasseurs d'espions ne sont pas intéressés par votre affaire. Peut-être ont-ils classé l'info dans un registre plus large, mais ils ne m'ont pas demandé de commission rogatoire pour se pencher sur ce dossier.

— Vous me donnez carte blanche ?

— Je vous demande d'utiliser tous les moyens possibles pour savoir où est passé le propriétaire de la Lada rouge. En ce qui concerne le vélo il sera facile de vérifier s'il a permis à Anton Dukinanko de se rendre à Saint-Denis le 13 décembre. Au fait, que devient la femme de l'Ukrainien ?

Au blanc qui suit sa question, la juge Mallet sent que certains rebondissements de l'enquête stagnent à Oléron.

— Après l'annonce par la télé de l'interpellation de deux suspects, je me suis présenté au domicile de Madame Dukinanko pour prélever de l'ADN sur les enfants, selon vos recommandations, et mettre au point un dispositif de sécurité avec leur mère. Peine perdue, l'épouse, les enfants et leurs bagages avaient disparu. Et la voisine assure ignorer leur destination.

C'est au tour de la juge d'instruction de laisser un blanc prendre possession de la ligne.

— Et vous pensiez me l'annoncer quand ? rugit-elle dans le combiné. Je me demandais pourquoi vous vous inquiétiez de la DGSI.

— Ambien a la conviction qu'elle est allée passer Noël en famille et qu'elle reprendra contact. Rien à son domicile ne donne le sentiment d'un départ contraint.

J'ai pensé qu'il était inutile de s'alarmer. Nous ne pouvions pas la placer sous contrôle judiciaire, elle n'avait donc pas à nous prévenir de son départ.

— On se donne encore quarante-huit heures mais ensuite il faudra essayer de la retrouver. C'est notre seul témoin dans cette affaire.

— Je vais demander au journaliste de la recontacter à présent que les fêtes de fin d'année sont passées. Si rien ne bouge, je déclare forfait et l'affaire devra être éclaircie par des enquêteurs d'un service spécialisé.

— Tenez-moi au courant… cette fois.

***

— Allo Antoine, C'est Dédé. Tu as retrouvé la forme 2023 après avoir peiné à finir 2022 ?

— Disons que je suis à quatre-vingts pour cent. Comme vous n'appelez pas seulement pour prendre de mes nouvelles dites-moi ce que vous avez de nouveau ?

— Ben je suis allé tourner autour de chez Dupont. Au passage il ne paraît pas être tellement apprécié, c'est sans doute pour cela que personne ne s'est encore inquiété de son absence. Effectivement, on ne l'a pas revu depuis trois semaines, ses volets ne sont pas fermés. Rien n'indique qu'il ait prévu de partir pour une longue durée. Un de ses voisins m'a d'ailleurs dit qu'il ne bougeait jamais depuis son arrivée à Saint-Denis, voici quatre ans. Il ne manque à personne mais je reste persuadé qu'il faut creuser dans cette direction.

— J'ai donné l'info au major. Lui a des possibilités d'investigations que lui confère la juge d'instruction pour vérifier s'il y a des mouvements sur ses comptes ou savoir si son téléphone borne quelque part en France. J'ai aussi une info que je ne vous ai pas donnée. Juste avant mon agression je passe par la plage de Saint-Denis et tombe sur un squelette de vélo un peu déplumé qui semble venir du centre de vacances de La Martière… là où était hébergé notre Ukrainien.

— Putain, cette fois mon gars, on brûle.

— Attendez, vous m'avez appris à recueillir les indices, les isoler et construire un raisonnement seulement lorsqu'on a des indices concordants. Peut-être ne s'agit-il que d'une coïncidence.

Dédé, qui n'est pas tombé de la dernière pluie, apprécie à sa juste valeur le clin d'œil de son coéquipier. D'ici à ce qu'il passe sa fiche dans les « à exploiter éventuellement » ou mieux crée une section « alter ego »…

— Je connais bien le gars qui s'occupe de l'entretien des cycles au centre de La Martière. Tu me donnes le numéro et je vérifie ça. Il sera ravi de récupérer son vélo.

— Oui lorsque le dossier sera jugé, s'il s'agit d'une pièce à conviction. Autre chose, le major demande à ce que vous lui envoyiez les photos de la scène de crime. Elles permettront à ses collègues de faire des relevés, même s'il n'y a plus rien à trouver, sans avoir à passer tout le parking au peigne fin.

— Ça tombe bien c'est dans cette idée que je les ai faites.

Il ne se passe pas cinq minutes avant que le téléphone d'Antoine carillonne.

— C'est encore moi, s'annonce Dédé surexcité. Ce n'était effectivement pas une coïncidence. Anton est bien parti à vélo le 13 décembre et, cerise sur le gâteau, j'ai l'heure du départ et la destination.

— Pourquoi, on pointe en quittant la Martière ?

— Attends, sur ce coup-là on est pas malheureux. Il se trouve que l'Ukrainien avait un problème de dérailleur que mon copain Julien a réglé en deux temps trois mouvements à sa prise de service, c'est à dire à neuf heures. Anton Dukinanko a fait comprendre au mécano qu'il voulait se rendre à Saint-Denis et Julien a noté sur sa carte la piste cyclable qu'il lui fallait suivre. En partant à neuf heures dix, l'Ukrainien pouvait être à Saint-Denis trois quarts d'heure plus tard.

— Autrement dit Dupont et Dukinanko étaient bien au même moment, au même endroit le 13 décembre 2022.

— Ce qu'il faut réussir à savoir c'est ce que cherchait le cycliste venu de l'est, ronchonne Dédé. J'ai appris à jouer au bridge, mais avec deux morts c'est plus du bridge, mais de la belote découverte, le seul problème c'est qu'on n'a pas les cartes.

Une saillie pointue, tout à fait le genre de raisonnement par l'absurde auquel Antoine sacrifie volontiers.

— Beau comme du Bachung, Dédé.

XXIV

En se réveillant, au matin du trois janvier, Antoine perçoit un rayon de soleil à travers les persiennes. Il descend du lit pour effectuer quelques mouvements de gymnastique. Le mal de tête a totalement disparu, les épaules fonctionnent correctement, un gros bleu subsiste sur le biceps gauche. Il recommence à plier les genoux, en revanche son torse cultive toujours le souvenir des coups. Promis juré, lorsqu'il sera complètement réparé il se remet à la muscu.

Quelques coups légers frappés à la porte annoncent le petit déjeuner. Il ouvre à une Maryse fraîche et tonique.

— Voilà de quoi finir de te requinquer. Je te laisse déjeuner et reviens pour les soins.

Un baiser vole sur les lèvres du journaliste, ponctuant l'ordre du jour.

Trente minutes plus tard Antoine a fait honneur au petit déjeuner, pris le temps de passer sous la douche, retiré les pansements usagés. Nu sous les draps, il aspire aux caresses des douces mains de l'infirmière.

Quelques plaies doivent encore être couvertes, mais il s'agit surtout d'étaler la pommade sur les bleus.

Anesthésié par le plaisir il sent, presque endormi, le corps de Maryse se lover contre lui.

— Excusez-moi monsieur, je n'allais pas laisser perdre une aussi belle érection, lui glisse-t-elle en lui mordillant l'oreille.

***

Lorsqu'il ouvre son ordinateur, un message lui confirme que la journée est placée sous les meilleurs auspices, sans besoin de lire dans le vol des mouettes.

« Bonjour Antoine. Je suis de retour, seule, pour les obsèques de mon cher Anton. Peut-on parler au café de l'autre fois ? Respectueusement, Mylia. »

Ce message, Antoine l'aurait embrassé. Mais pratiquement, il lui faut prévenir Dédé et avertir tout de même Pam, même si ce dernier doit faire une croix sur les prélèvements ADN.

« Salut Dédé, la veuve de l'Ukrainien vient de réapparaître. Rendez-vous à 14h-14 h30 au Commerce, à Saint-Pierre, vérifie que personne ne te file. »

Pam a aussi droit à son courriel : « Salut Major, tu peux oublier ta supplique aux chasseurs d'espions. Mylia est de retour sur l'île, sans ses enfants, hélas pour ton dossier. Je la rencontre cet après-midi et t'en dirai plus ce soir ».

Courriel enfin à Mylia. « Ravi de vous retrouver, ne vous inquiétez pas, je serai accompagné d'un ami qui m'aide à travailler sur le meurtre d'Anton. Rendez-vous au "Commerce" entre 14h et 14h30 cet après-midi. »

***

Mylia, arrivée la première, s'est installée à la table du fond, la plus éloignée du comptoir. Le serveur ne semble pas plus occupé que lors de son premier passage et l'Ukrainienne a droit à une inspection en règle qui cesse opportunément lorsqu'Antoine la rejoint quelques minutes plus tard.

Il ne sait pas quelle attitude adopter. Si cela ne tenait qu'à lui il lui sauterait au cou, conscient que c'est elle qui détient, sans le savoir peut-être, la clé de l'enquête. Elle lui tend timidement la main qu'il emprisonne dans les siennes avec un sourire généreux. Il faudra sans doute beaucoup plus d'énergie pour redonner espoir dans la vie à la jeune veuve, privée de son mari, éloignée de ses enfants, confrontée à des usages qu'elle ne connaît pas, une langue qu'elle ne comprend pas. Antoine, pourtant, est son unique repère sur Oléron.

Contrairement à son habitude Dédé, sur les talons du jeune journaliste, reste intimidé face à la tristesse de Mylia. Habitué aux contacts tactiles, en particulier avec les femmes, il se contente d'un signe de tête lorsqu'Antoine fait les présentations.

Comment entamer la conversation dans de telles circonstances ? Évoquer les festivités de fin d'année serait incongru, attaquer directement sur l'affaire s'apparenterait à un interrogatoire de police. Mylia dissipe l'embarras en s'intéressant au faciès cabossé du journaliste. En français s'il vous plaît.

— Comment votre figure devenue couleurs bizarres ?

Antoine tente de répondre mais la jeune femme lui tend son téléphone, consciente que son français ne lui permettra sans doute pas de tout comprendre. Antoine synthétise sur le clavier l'agression qui lui vaut une pommette décorée d'une partie des couleurs de l'arc en ciel. Au fur et à mesure qu'elle découvre la traduction le visage de l'Ukrainienne se ferme. Elle répond simplement.

— Les mêmes que pour Anton ?

Par le truchement de l'appareil il peut entrer dans le vif du sujet.

— Difficile de dire si la même bande est en cause. Nous ne savons pas pourquoi votre mari a été attaqué. Voici ce que nous avons appris.

Les deux hommes expliquent alors où Anton a rencontré ses meurtriers, le vélo retrouvé, le gros Dupont disparu de la circulation et concluent par la question qui tourne en boucle dans leur tête.

— Que venait faire Anton à Saint-Denis ?

Pas plus que face au major, Mylia ne peut répondre à cette question. Elle ignorait absolument ce que faisait Anton au cours de ses excursions en solitaire. Elle leur confirme que le matin du crime son mari a bien pris le vélo de location, précision superfétatoire après le témoignage du vélociste. Finalement, Dédé pose la question la plus pertinente.

— Que faisait votre mari avant la guerre ?

La réponse de la veuve est retardée par l'arrivée du garçon apportant les deux expressos et la noisette commandée par l'ancien gendarme. Il ose à peine poser les yeux sur la jeune femme. Dans le regard d'Antoine l'ombre de la faute professionnelle flotte brièvement au fond du bar.

Elle leur apprend que la vraie passion de son mari est le dessin. Pour gagner sa vie il a opté pour le dessin industriel. Au Dombass d'abord puis, lorsque les choses ont mal tourné avec les indépendantistes russophones, à Kharkiv où ils se rencontrèrent. Elle travaillait dans une banque et lui chez Brig, célèbre constructeur de bateaux semi-rigides.

Cette précision retient l'attention des deux enquêteurs. Pour un constructeur de bateaux un port est évidemment un lieu d'observation privilégié. La suite du récit de Mylia leur confirme qu'ils viennent de soulever un lièvre qui peut les conduire à la vérité. Un lièvre que les agresseurs d'Anton devaient suivre à la trace jusqu'à la rencontre fatale.

— Chez Brig, Anton avait réussi à intégrer le bureau d'études. Il était heureux de recommencer à dessiner des esquisses de bateaux, en plus de tracer des plans. Lorsque je suis partie pour Noël, avec les enfants j'ai retrouvé, en faisant les bagages, un carnet de croquis. Je le garde dans mon sac, en mémoire de lui.

Elle leur tend le carnet. Antoine l'interrompt pourtant.

— Pourquoi avoir totalement vidé le logement de La Martière en partant ? Les gendarmes ont cru à une fuite.

— Nous payons à la semaine, je ne savais pas quand je reviendrais. C'était autant d'argent économisé.

En feuilletant le carnet dans lequel Anton a joliment crayonné, Antoine et Dédé retrouvent les ports d'Oléron, La Cotinière évidemment, le Château d'Oléron, Port Douhet, Boyardville et curieusement rien sur Saint-Denis.

— Si ça se trouve il avait sur lui un nouveau carnet lors de son agression. Mais regardez Dédé, il s'intéressait à un type particulier de bateaux, même lorsqu'il dessine La Cotinière, les embarcations du type chalutier sont absentes.

— On ne trouve pas de voiliers non plus, pourtant la première source d'inspiration des barbouilleurs. Là le gars fait une fixette sur les barques à moteur du genre semi-rigides !

— On peut difficilement qualifier sa passion d'espionnage industriel. Et on ne tue pas pour ce type d'espionnage.

— Effectivement, si je peux me permettre, un espion se sert d'un appareil photo discret, il ne s'installe pas avec son chevalet et ses crayons de couleur. Un peu trop facile à repérer sans aucun doute.

— Mais alors quel rapport avec les énervés du Boyarturf ?

— Le port de Boyardville. Lui s'y trouvait pour le plaisir et dérangeait leurs affaires.

— Que peuvent-ils bien trafiquer…

Mylia assiste, étrangère, aux échanges entre ses deux compagnons auxquels elle ne comprend évidemment rien. Antoine lui tape un résumé. Elle lit et pour la première fois son visage s'illumine. Elle tape à toute allure sur son clavier.

— Anton avait dessiné pour une large part le dernier modèle de la gamme Eagle avec je ne sais plus quel numéro et voulait rester au meilleur niveau. Il cherchait des idées, pour le chantier... après la guerre. C'était sa vie.

Une larme coule sur sa joue lorsque les deux hommes posent les yeux sur elle au terme de leur lecture. Jamais terme n'a été aussi inapproprié. Anton a échappé aux Russes mais il est peut-être mort pour son amour des bateaux.

— Vous savez combien de temps vous restez à Oléron, Mylia ?

— Il faut attendre quand la justice décide.

— Lorsque le médecin légiste a terminé ses examens... Vous voulez ramener Anton au pays ?

— Les cendres seront dispersées sur sa terre, vous comprenez ?

Antoine et Dédé comprennent. Quelle logique y aurait-il autrement. Il s'est battu pour défendre son pays, des assassins lui ont ôté la vie, pour des raisons vraisemblablement triviales dans un pays dont il ne savait rien. Même bouleversée, l'Ukraine reste son berceau.

Étrange folie que celle de l'homme, poussière d'existence à l'échelle de l'univers, capable de refermer la parenthèse de son prochain, bien avant son terme, sans la plus petite raison... et sans remords le plus souvent.

XXV

Le week-end passe et Antoine tarde à reprendre contact avec son « agent traitant ». Lorsque son téléphone sonne, le mardi, à Bourcefranc battu par les vents, il flaire l'engueulade en constatant que Pam l'appelle.

— Allo Antoine. Je serais toi, j'irais faire un tour du côté de l'ancien débarcadère, qui doit être à deux pas de chez toi. Avec un peu de chance, tu y croiseras Adrien. Évidemment, je ne t'ai rien dit.

Le journaliste prend le temps d'enfiler le ciré doublé polaire, acheté sur le quai de la Cotinière. Un magasin qui vous transforme un touriste en loup de mer d'un habile coup de CB. Un bonnet, une paire de bottes, son appareil photo et le voilà dans la rue. Des rafales humides balaient la route qui descend vers l'ancien débarcadère gris sale qui résiste aux marées et aux intempéries. Ouvrage de béton inutile depuis l'inauguration du pont, voici un demi-siècle, mais suffisamment solide pour que le coût de sa démolition fasse reculer les élus.

Effectivement, à mesure qu'il s'approche, il constate une animation au bout du quai. Les pompiers ont mis une embarcation à l'eau et le bras droit de Pam est à pied d'œuvre pour diriger les opérations.

— Bonjour Adrien, attaque Antoine. J'ai entendu le mouvement de ma chambre d'hôte et j'ai vu passer la voiture de la gendarmerie. Vous n'avez tout de même pas trouvé un second crucifié…

— Vous alors, vous avez vraiment le chic pour vous trouver au bon moment au bon endroit. Écoutez, puisque vous êtes là avec votre appareil photo, vous allez vous rendre utile car nous ne pouvons pas laisser les lieux très longtemps en état. Venez.

Antoine ne se fait pas prier pour sauter dans le bateau des pompiers qui se dirige vers l'extrémité de l'embarcadère.

— C'est un ostréiculteur qui nous a alertés. En se rendant sur ses parcs il a aperçu quelque chose qui ballotait entre les poteaux de soutènement de l'embarcadère. Il s'est approché autant qu'il a pu, malgré les mouvements de mer et il a cru apercevoir un corps. Nous avons été prévenus, le major m'a demandé de partir immédiatement. Vous lui aviez signalé la disparition d'un habitant de Saint-Denis depuis près d'un mois. Nos recherches par rapport aux témoignages de ses voisins aux mouvements sur son compte, aux appels de son téléphone portable ne nous ont apporté aucune information. Alors la découverte d'un corps à proximité de l'île justifie un déplacement.

Le temps qu'Adrien fasse son rapport à Antoine, comme si le journaliste endossait le costume de directeur d'enquête, l'embarcation manœuvre dans la zone critique. La plate de l'ostréiculteur a également été réquisitionnée. Deux amarres la retiennent aux poteaux et le corps est à deux mètres, bloqué dans les croisillons de béton.

Antoine dégaine son matériel photo et entreprend de mitrailler la scène, insistant sur la position du corps par rapport aux poteaux, le niveau auquel il est accroché. Le cadavre est boursoufflé, il a passé un certain temps dans l'eau manifestement. Bien malin qui pourrait dire de qui il s'agit. Antoine note simplement la forte corpulence du noyé.

— Si vous n'y voyez pas d'inconvénient Adrien, nous nous arrêterons à « Avant l'île », c'est le nom de ma pension, je transfèrerai quelques photos sur mon ordi et je vous confierai la carte.

Le gendarme valide la démarche et Antoine en profite pour pousser son avantage.

— Je travaille avec André Poislier pour essayer de comprendre ce qui s'est passé à la mi-décembre. Il a constaté la disparition d'Adam Dupont voici quelques jours et nous avons alerté le major De Pasmier. Si vous avez besoin d'une identification rapide et discrète du corps, Dédé peut s'en charger il connaissait l'individu. Encore que l'état du cadavre ne nous aide pas beaucoup. Peut-être après tout avait-il des papiers sur lui. On n'a pas retrouvé son portable non plus ?

La marée basse rend le clapot moins agressif, mais le jeune homme comprend néanmoins qu'il vaut mieux ne pas s'attarder sur place trop longtemps, le mal de mer menace. À deux pas de la rive, ce serait ballot.

De retour à terre Adrien fait le point avec son chef. La présence du journaliste ne constitue manifestement pas un sujet d'inquiétude. À l'attitude du gendarme, Antoine comprend que sa proposition satisfait le (vrai) directeur d'enquête. La suite du dialogue concerne les dispositions à prendre pour récupérer le cadavre.

Un mois après la découverte du crucifié, le ballet des croquemorts, prévenus par Pam, se reproduit. Les employés des pompes funèbres ont revêtu cette fois des tenues de protection pour glisser le corps dans la housse en nylon renforcé. Conduits sur les lieux de la découverte dans la barque des pompiers ils se servent une nouvelle fois de la plate de l'ostréiculteur pour réceptionner le noyé. Ils ne sont pas trop de cinq, trois pompiers leur prêtent main forte, pour retirer le corps emprisonné dans les poteaux et l'installer sur la plate. Antoine suit l'opération de la rive mais se doute bien, même si l'opération est plus discrète que dans le port de Marennes, qu'un témoin inconnu, mais bien intentionné, va se charger de l'ébruiter auprès de BFI34 et autres Sud-Ouest. Si ça se trouve une vidéo téléphonique est déjà en route. Instinctivement il jette un coup d'œil autour de lui. À son tour, il met son appareil photo en mode vidéo pour enregistrer la scène.

Adrien a enfilé une paire de gants et fait ouvrir la housse lorsque la plate accoste. L'odeur qui se dégage est suffocante. Intérieurement le journaliste se demande comment on peut pratiquer le métier de médecin légiste. Combien de douches faut-il prendre pour ne pas rapporter chez soi les odeurs de viande pourrie. Il a beau être à terre, des spasmes l'agitent aussi sévèrement que le début de mal de mer de tout à l'heure. Insensible en apparence aux effluves pestilentielles qui s'échappent de la housse, Adrien tente de récupérer les papiers d'identité du noyé dans sa poche intérieure. Il blêmit quand sa main s'enfonce dans le corps dont la résistance cède sous les vêtements. Héroïque, il poursuit son exploration du blouson et parvient à en extraire un portefeuille qu'il brandit victorieusement. De retour sur la terre ferme, il glisse le portefeuille dans un sachet, le pose précipitamment et s'éloigne du groupe pour aller vomir. L'insensibilité n'était qu'apparente. Lorsqu'il revient vers le groupe, blanc comme un linge, il retourne au combat, libère le portefeuille de son sachet et l'ouvre avec mille précautions sur sa mallette technique. L'eau a sérieusement endommagé l'objet mais heureusement, effet de la technique moderne, le support de la pièce d'identité est en plastique et non plus en carton comme naguère. Et elle indique que son porteur est :

— Adam Dupont, né le 07-10-1963 à Orléans. C'est bien lui que vous recherchiez ?

Antoine répond par l'affirmative à l'interrogation du gendarme.

— Il ne reste plus qu'à savoir ce qui lui est arrivé. Le service médico-légal de La Rochelle va encore être mis à contribution. Ils vont nous maudire car par rapport au crucifié, on ne peut pas dire que notre Dupont soit de première fraîcheur.

L'homme est ainsi fait, l'humour noir est indispensable pour ne pas se laisser engluer par l'accablement face à ces macabres découvertes. Loin d'être une marque d'irrespect ou d'insensibilité, ce détachement est une soupape de sécurité.

— Je pense, reprend le gendarme, que l'idéal est de demander à notre ancien collègue Poislier de nous rejoindre à Saint-Agnant. Vous m'y accompagnez, je prendrai votre déposition et avec celle de votre coéquipier nous aurons une identification vérifiée du défunt.

L'ex-gendarme n'a pas été enchanté à l'idée de retrouver son ancien lieu de travail. En revanche, il n'a pas caché sa satisfaction d'avoir une fois encore démontré que ses qualités de fin limier étaient intactes. Il ne pratique pas la fausse modestie.

— J'arrive garçon, mais je parie ma solde d'une année de retraite que l'ancien agent immobilier n'est pas tombé tout seul du bateau. On l'a aidé et on ne veut pas que ça se sache. Sinon pourquoi je serais le seul à m'être inquiété de sa disparition !

Ça nous promet du grand Dédé à la gendarmerie de Saint-Agnant.

***

À bord de la voiture de gendarmerie, on ne parle pas de « l'affaire ». Adrien s'intéresse plutôt aux relations entre son voisin et son patron.

— C'est vrai, reconnaît Antoine, que je ne m'attendais vraiment pas à retrouver Pam, c'est le seul nom qu'on lui connaissait au dojo, dans de telles circonstances. Le compétiteur n'était jamais loin du prof, mais l'éducateur avait un respect total pour la philosophie de l'art martial. J'imagine que le major doit être aussi minutieux dans le respect de la procédure. Pour lui, la règle est intangible.

— Effectivement, vous l'avez très bien cerné, j'apprécie de travailler à ses côtés pour cette rigueur. Ce qui ne l'empêche pas de pratiquer avec gourmandise l'art du déséquilibre qui est la base du judo !

À leur arrivée à Saint-Agnant, les deux hommes sont accueillis par Pam qui joue à merveille la comédie.

— Encore toi, décidément on ne peut plus faire un mouvement sans t'avoir dans nos pattes.

— Ce n'est tout de même pas ma faute si vous faites rebondir l'enquête sous mes fenêtres.

— Pas si vite garçon. Vous aviez eu le nez fin en constatant la disparition de Dupont, mais rien ne dit qu'elle soit liée au crucifié de Lamouroux.

— Reconnais tout de même qu'un gars qui laisse sa voiture sur le parking du port, qui prend son bateau, bateau que l'on retrouve à son emplacement d'origine, et qui va se noyer à l'autre bout de l'île. Ça mérite pour le moins une enquête.

— La difficulté c'est que rien ne nous prouve que le bateau a quitté son emplacement.

Antoine doit admettre que son raisonnement, basé sur le fait que Dupont et Dukinanko aient pu se trouver à bord du même bateau n'est qu'une construction issue du flair de Dédé. Justement l'ancien gendarme débarque à son tour.

— Salut tout le monde, mes respects major. Alors il n'avait pas vraiment tort, l'ancien, de se faire du souci pour la santé du gros Dupont ! Mourir noyé quand on mettait aussi peu d'eau dans son pastis ! Ya pas d'justice.

Le major De Pasmier décerne ses félicitations à son ancien collègue pour calmer son ego et tous les quatre s'installent dans son bureau pour mettre noir sur blanc les constatations effectuées. Elles concernent la disparition de l'ancien agent immobilier et sa réapparition sous l'embarcadère de Bourcefranc.

La première partie est dévolue à Dédé, même si les gendarmes y ajoutent le fruit de leurs démarches. Adrien rédige pour sa part les investigations du jour, texte enrichi par les clichés d'Antoine.

— À votre avis Poislier, attaque Pam, comment expliquer que Dupont ait pris son bateau, soit tombé à l'eau pour venir s'échouer sur le débarcadère et que son embarcation soit rentrée au port sans encombre ?

— Ça major, répond paisiblement l'ancien gendarme, il faudrait aller soulever la toile du bateau pour savoir si elle ne cache pas un début de réponse. Moi je n'ai pas le droit d'y aller voir, vous si !

— Parce que vous êtes persuadé que le bateau a bien bougé de son anneau le 13 décembre.

— Si vous voulez mon avis, Dupont n'est pas allé se noyer à pied. D'autre part entre Saint-Denis et l'embarcadère il y a le banc de Lamouroux. Et puis, si Dupont n'avait personne d'autre à bord que Duki machin, pourquoi s'en est-on pris à Antoine avec la volonté de le faire taire définitivement ?

— À propos d'Antoine, Dédé, les TIC de la Rochelle vous félicitent de la qualité de vos cadrages. Je ne sais pas quel est votre niveau de vision, et d'ailleurs les clichés ont été pris par temps sombre, mais la qualité de votre appareil a fait la différence. Grâce à votre photo on va savoir qui était l'agresseur d'Antoine.

Pas mécontent de son effet, Pam laisse Tintin et son capitaine Haddock se creuser les méninges pour deviner quel secret pouvait receler ce bout de chemin vide photographié avec un téléphone portable.

XXVI

Avec un rien de machiavélisme, Pam décide de faire mariner ses coéquipiers.

— Je vais prendre contact avec la juge d'instruction, cela m'évitera de réitérer ma démonstration.

Par un miracle de la téléphonie, le major n'a même pas besoin d'attendre. Le greffier de Caroline Mallet prend immédiatement la communication et lui passe la magistrate.

— Mes hommages madame la juge d'instruction, débute Alceste de Pasmier, un rien emphatique, je viens faire le point sur les dernières avancées de notre enquête. J'ai autour de moi le gendarme Adrien Lesable, le journaliste enquêteur Antoine Ambien et André Poislier, que vous avez certainement connu à l'époque où il officiait à Saint-Agnant. Si vous voulez bien, je vais mettre le haut-parleur.

— Je n'ai pas travaillé avec l'adjudant Poislier mais j'en ai beaucoup entendu parler. Je sais même qu'il était surnommé « le rocher d'Oléron », car il était inutile de tenter de l'arracher à son île. Bonjour à tous.

— Plusieurs bonnes nouvelles tout d'abord. L'épouse d'Anton Dukinanko est de retour sur l'île.

Elle nous a confié un carnet de croquis de son mari. Il allait de port en port crayonner les barques à moteur du type semi-rigides, car il travaillait dans ce secteur avant-guerre.

— Excellent, mais encore, Antoine Ambien a-t-il récupéré de son agression ?

— Il lui a fallu plusieurs jours pour se remettre et n'a certainement pas dansé le soir de la Saint-Sylvestre, mais il retrouve peu à peu un visage aux teintes de saison.

— Monsieur Ambien, je voudrais vous féliciter pour la façon dont vous avez joué le jeu avec les gendarmes et fait avancer l'enquête. Mais ne confondez pas les rôles. Vous êtes un témoin privilégié, pour avoir découvert le premier corps et retrouvé l'épouse du crucifié. En revanche, n'oubliez pas que vous n'êtes pas enquêteur et ne portez pas d'arme pour vous défendre. Avec votre histoire du Port du Douhet, vous nous avez fait prendre un risque considérable. D'abord vous avez bien failli y laisser la vie. Ça aurait été déplaisant pour vous, mais pour moi aussi car mes supérieurs m'auraient demandé des explications à propos de votre présence dans tous les moments importants de l'enquête. On peut croire aux coïncidences mais il y a des limites ! Ce que je vous demande, à l'avenir, c'est d'alerter systématiquement le major De Pasmier lorsque vous faites une découverte et de le laisser intervenir. J'ai beaucoup de respect pour l'adjudant Poislier au flair inégalé, mais lui non plus n'est pas armé. Quelles sont les autres avancées major ?

— Je vous avais indiqué, en envoyant le gendarme Lasable sur place, qu'on nous avait signalé un corps sous l'ancien embarcadère côté Bourcefranc.

— En rapport avec votre enquête ?

— Un retraité de Saint-Denis n'avait plus donné signe de vie depuis le jour où l'Ukrainien a été assassiné et sa voiture stationnait sur le port de Saint-Denis depuis cette date. Le noyé était bien Adam Dupont si l'on se fie à la pièce d'identité retrouvée sur le cadavre.

— Vous l'envoyez immédiatement à La Rochelle à fin d'autopsie.

— Affirmatif madame.

Nous en sommes à deux cadavres et donc face à des adversaires qui ne font pas de sentiment. Ils risquent d'être de plus en plus nerveux au fur et à mesure que nous approchons de la vérité.

— Quoi d'autre ?

— Les techniciens en identité criminelle de La Rochelle ont examiné un cliché pris par André Poislier sur la scène de l'agression d'Antoine. Un détail va nous permettre d'identifier ses agresseurs.

Antoine et Dédé n'en perdent pas une miette.

— Un morceau de papier se trouvait dans l'herbe. Il aurait pu s'agir d'un détritus comme on en trouve malheureusement partout au bord des chemins.

Le major entretient à plaisir le suspens.

— Mais le papier en question était un ticket de parking, sans doute tombé lorsqu'on a ouvert la portière du 4X4 pour agresser Antoine. Un de ces tickets modernes où l'automobiliste se tape tout le boulot.

Non seulement il paie mais doit enregistrer la plaque d'immatriculation de son véhicule.

Les deux compères ont déjà compris, mais Pam continue pour Caroline Mallet.

— Ça aurait pu être une immatriculation banale, permettant de verbaliser son propriétaire pour jet de détritus sur la voie publique…

— Vous nous faites la version courte major, s'impatiente la magistrate.

— J'y viens madame. Après vérification, le véhicule appartient à Arthur Lefroigner, ancien marin et à l'occasion pilier de comptoir du Boyarturf aux côtés du regretté Adam Dupont.

— Autrement dit le lien avec les excités du Boyarturf est établi, conclut Caroline Mallet. Dans ce cas major il faut mettre le paquet sur ce groupuscule d'extrême droite et prouver si possible qu'il s'agit bien d'un acte xénophobe.

— Si je puis me permettre, madame la juge, intervient Antoine, cela n'explique pas le décès de Dupont.

— Oui, à ce propos, placez sa barque sous scellés, je demande également aux TIC d'intervenir. Avec un peu de chance ils devraient identifier les passagers de la barque… si elle est véritablement sortie du port de Saint-Denis le 13 décembre.

— J'en mets ma main à couper, grommelle Dédé.

— Je ne suis pas loin de vous rejoindre, renchérit Caroline, mais vous êtes bien placé pour savoir que la justice a besoin de preuves.

— Que fait-on si la presse nous sollicite ?

— Vous renvoyez vers moi. Je prépare un communiqué. Il sera diffusé lorsque la découverte du corps se sera ébruitée. Bien entendu, on ne donne pas d'identité et il ne sera pas question non plus de l'agression dont a été victime notre hardi reporter. Voilà messieurs, vous avez de quoi faire, allez-y prudemment et méticuleusement, mais nous sommes cette fois sur le bon chemin. Bravo à tous.

Pam s'est fendu d'une tournée de bières pour arroser l'événement. Il a immédiatement dressé le plan de bataille pour la suite de l'enquête.

— Dédé et Antoine, sans vouloir vous commander je vais avoir besoin de vous pour deux choses : accueillir les TIC, qui doivent intervenir demain matin et les conduire à la barque de Dupont, mais aussi repérer le véhicule d'Arthur Lefroigner. Vous savez où il habite Dédé ?

— À la sortie de Saint-Denis sur la route de Chassiron. Sa maison est juste avant les champs d'artichauts.

— Je préfère aller le « taper » à son domicile plutôt qu'à Boyardville. Gardez-le à l'œil pour que nous puissions le coincer à coup sûr.

— À l'heure du laitier ? s'inquiète Dédé qui a passé l'âge des planques nocturnes.

— Je pense qu'on interviendra après demain matin. Mais vous avez entendu ce qu'a dit la juge d'instruction. Pas de prise de risque. Si vous ne le sentez pas…

Exactement le genre de propos qui vous requinque un Dédé l'embrouille.

— J'ai une vieille copine dans le hameau. Je vais lui faire une visite de courtoisie, à bicyclette pour ne pas me faire repérer. Alors ne comptez pas sur moi en cas de course poursuite.

***

Coup de chance, il fait beau sur Oléron le lendemain matin lorsqu'Antoine et Dédé accueillent les techniciens en identité criminelle et sous-marine. Les deux plongeurs croisés trois semaines plus tôt sur le banc de Lamouroux et deux TIC ne sont guère plus loquaces. Tic et Tis arrivent de La Rochelle avec leurs fourgons laboratoires.

Le major commandant l'équipe demande simplement qu'on les conduise au bateau, que l'on réquisitionne une remorque pour sortir le semi-rigide de l'eau et un hangar à bateaux pour l'entreposer à l'abri des intempéries… et des regards indiscrets. Cette dernière mission revient évidemment à Dédé ravi de mettre ses copines de la capitainerie à contribution.

Dès qu'Antoine leur a indiqué l'emplacement du bateau de Dupont, les gendarmes déroulent la rubalise à l'entrée du ponton, signifiant à Antoine que l'on compte sur lui pour jouer les cerbères.

— Vous avez l'intention de bloquer le ponton longtemps ? C'est juste pour rassurer les propriétaires.

— Ce soir, au plus tard, l'embarcation devrait être en lieu sûr.

Commence alors un ballet autour du bateau du malheureux Adam Dupont. Les plongeurs se sont mis à l'eau pour rechercher des traces sous l'embarcation.

Tout est inspecté avant que les Tic montent à bord : le bout avec lequel on l'a amarré, les boudins du zodiac sur lequel s'est déposé l'ADN ou qui peut avoir gardé des traces de frottement. Plusieurs lampes à longueurs d'ondes différentes balayent les zones délimitées par les techniciens, comme sur les chantiers de fouilles archéologiques. Rien ne leur échappe : éléments pileux, fluides biologiques. Ils doivent vérifier si Anton Dukinanko a bien pris place sur le bateau et combien de personnes l'accompagnaient. En fin de matinée, l'embarcation est tractée avec mille précautions vers le hangar. Le passage du Bluestar, dans l'obscurité permettra de trouver d'éventuelles traces de sang, même si les supports ont été lavés.

Les pochettes stériles contenant, qui un prélèvement pileux, qui un écouvillon, s'accumulent, sans perturber la concentration des techniciens. Une accumulation qui inquiète Antoine quant aux délais de traitement.

— Il s'agit d'une affaire criminelle, le rassure le Major, les délais de traitement sont ultra rapides. En moins de vingt-quatre heures les rapprochements avec les banques de données nous apportent la solution, positive ou non et quelques heures de plus seulement permettent à nos partenaires de la convention de Prüm[1] de nous transmettre leurs résultats.

— Autrement dit, demain soir nous serons fixés, apprécie Antoine.

Avant que le bateau de Dupont ne disparaisse dans le hangar, le bouche à oreille a battu le rappel et les

1. Voir page 156.

citoyens de Saint-Denis apprécient l'attraction, sans chercher toutefois à forcer le passage.

— Ça fait quand même cher du poil de cul ! apprécie, rigolard, un plaisancier auquel Antoine vient d'expliquer le sens des longues recherches des gendarmes.

Le principal bénéficiaire est le bistrot du port. Les spectateurs vont y échanger au chaud leurs impressions. Antoine le rejoint au terme de sa mission. Il ne tire pas grand-chose de ses interlocuteurs. Dans ce domaine il est plus confortable d'être observateur que témoin.

XXVII

Dédé est arrivé chez Sylvaine un peu avant l'heure intelligente de l'apéro. Sa conscience professionnelle l'a d'abord conduit devant la maison d'Arthur Lefroigner. L'oiseau est au nid, sa voiture rangée sur la rampe d'accès du garage face à la rue. Casqué et équipé d'une paire de lunettes glace, l'ex-gendarme, méconnaissable peut prendre son temps pour relever tous les détails utiles, au cas où le délinquant changerait ses plaques d'immatriculation. Il note un phare longue distance cassé, malgré le grillage de protection, mais il n'est pas là pour relever les éventuelles infractions.

Sylvaine, sexagénaire, veuve depuis cinq ou six ans, « mais qui aimait à rire avec les garçons » comme dit la chanson paillarde, apprécie la compagnie de Dédé. Il n'intellectualise pas la galipette, mène l'affaire avec un grand respect de sa partenaire qu'il conduit à bon port avant de prendre son plaisir. Ils s'attablent autour d'une bière qu'ils font glisser jusqu'à l'heure du pastis, Sylvaine s'autorise un pineau des Charentes rouge « bricolé » dans la cave d'un vigneron de Saint-Georges.

Le faux pineau remplit néanmoins sa mission et Sylvaine entraîne rapidement Dédé loin de son poste d'observation.

Lorsqu'émergent les amants, la nuit est tombée et la voiture d'Arthur s'est fait la malle.

Penaude, Sylvaine file dans la cuisine alors que Dédé dégaine son portable pour donner l'alerte.

— Allo major, c'est Dédé. Dites, tout allait bien jusqu'à ce que notre homme profite de la tombée de la nuit pour mettre les bouts.

— Tu penses qu'il t'a repéré ?

— Pour ça il faudrait qu'il y ait une caméra dans la chambre de ma copine...

— Ce que tu me décris correspond un peu à un abandon de poste.

— Il faut parfois payer de sa personne pour conquérir un poste d'observation privilégié. Mais, plus sérieusement, il est peut-être parti retrouver ses amis peu fréquentables.

— Possible, mais je pense que les investigations, toute la matinée, des techniciens en identification criminelle sur la barque de son copain, n'ont pas dû passer inaperçues. Je n'ai plus qu'à mettre en place un contrôle d'alcoolémie à la sortie du pont.

— ...

— On a la chance d'être dans une île. Ce genre de contrôle n'ameute pas la population. En revanche, l'info circule très vite et s'il a dans l'idée de passer le pont, ton gus réfléchira deux fois avant de se présenter au contrôle. De toutes façons, je devais positionner mes hommes dès ce soir.

— Tu veux dire qu'ils vont faire le pied de grue toute la nuit ?

— On dirait que tu ne sais plus ce qu'est une planque.

***

Les gendarmes ont allégé le dispositif vers deux heures du matin. Depuis 22 h, ils ont tout de même fait un peu de chiffre. Sept automobilistes positifs, dont un champion à plus d'un gramme cinq « qui s'était laissé entraîner par des amis » évidemment. Quelques pneus lisses, un défaut d'assurance et des permis oubliés à la maison qui vont permettre à leurs propriétaires de découvrir Saint-Agnant et sa gendarmerie « le, plus rapidement possible ».

Si le barrage est levé, les gendarmes restent sur place et l'un deux, en amont du dispositif, équipé de jumelles infrarouges, signale à trois heures trente l'approche d'un véhicule pouvant ressembler à celui d'Arthur Lefroigner. Les gendarmes mettent en marche le gyro de leurs trois véhicules pour vérification. Une initiative qui a pour effet de faire changer d'idée l'automobiliste.

Il effectue un brillant demi-tour au frein à main avant d'aller chercher refuge à l'intérieur de l'ile.

Les gendarmes se lancent à sa poursuite. Le suiveur reste en éclairage standard, les deux autres, gyrophares allumés, vont recouper le parcours du fuyard pour le conduire vers un cul-de-sac. Comme prévu, Lefroigner prend à gauche pour aller se perdre dans les routes tortueuses qui entourent Le Petit Village en contournant les marais salants. Puis il prend évidemment à droite vers Grand Village, tourner vers Saint-Trojan rimait avec interpellation expresse. Il ne peut pas s'éloigner de la côte car le véhicule numéro deux ferme la route vers le Château d'Oléron et s'il s'engage sur la piste cyclable, il n'inquiète pas ses poursuivants puisqu'il devra rejoindre la route à Vert Bois, sous peine d'aller buter sur la mer à la plage du même nom. L'adrénaline monte dans la cabine du pick-up. Le marin est un dur à cuire, mais là il ne peut compter sur personne, ni sur la circulation pour s'échapper. Il regrette d'un seul coup l'acquisition de son vieux Mitsubishi dont il doit posséder le seul exemplaire circulant dans l'île. Et avec le volant à droite il est sûr de se faire immédiatement repérer. Qu'est-ce qu'il va bien pouvoir leur raconter pour expliquer sa fuite ? Qu'il avait un peu trop consommé au Boyarturf et qu'il pensait que les gendarmes étaient partis ? Mais s'ils se sont lancés à sa poursuite, ce n'est peut-être pas uniquement pour arrêter un alcoolo. Il s'agit forcément de « l'affaire » dont il voulait s'éloigner en attendant que les choses se calment. La deuxième voiture fait demi-tour vers Dolus, alors il donne toute la gomme pour s'engager vers l'Éclusière, tous feux éteints. Une fois encore les gyros de la voiture trois lui indiquent qu'il est inutile d'essayer de rejoindre Dolus. Derrière lui, la voiture suiveuse empêche tout demi-tour. Lefroigner cherche son salut dans l'entrelacs de routes et chemins à peine carrossables sur l'arrière de Saint-Pierre. La Valinière et L'Écardière défilent sans que le fuyard puisse semer ses gardes du corps qui, tels des gardians contrôlant un troupeau, obligent le Mitsubishi a prendre la direction du parking de la Martière.

À quoi bon aggraver son cas en fonçant sur les militaires ? Au bout de trente minutes de poursuite infernale, l'ancien marin jette l'éponge et se retrouve entouré par une dizaine de képis puissamment armés et équipés de gilets pare-balles.

– Monsieur Lefroigner, lui annonce le major De Pasmier, qui avait tenu à prendre personnellement la direction des opérations, vous êtes en état d'arrestation. Veuillez nous suivre. Les motifs des poursuites engagées contre vous vous seront signifiés à la gendarmerie de Saint-Agnant.

Face au ton autoritaire du major, dans l'obscurité, et en présence d'autant de gendarmes, l'intéressé n'esquisse pas le moindre geste.

***

À Saint-Agnan, les gendarmes ont pris leur temps. Puisque le conducteur affirmait avoir fui pour masquer un taux d'alcoolémie critique, le major lui fait une fleur, le plaçant en cellule de dégrisement sans le faire souffler dans l'éthylotest en attendant son audition, ce qui permet à tout le monde de prendre trois à quatre heures de repos… et de solliciter un avocat, réclamé par le prévenu, conformément à ses droits.

Pam s'est tout de même fendu d'un texto à l'attention de Dédé et Antoine « Lefroigner est au frais », avant d'aller se coucher.

La matinée se passe sans que l'audition puisse démarrer. Me Jensen, avocat de permanence au barreau de La Rochelle avait une comparution immédiate à assister avant de prendre la route. À son arrivée, il s'offre quelques minutes d'entretien avec son client, qui lui parle simplement du délit de fuite et de la course poursuite.

Après lui avoir rappelé ses droits, Alceste de Pamier attaque par l'interrogatoire d'identité. Né à Saint-Denis d'Oléron en 1990, Arthur Lefroigner, fils d'Augustin Lefroigner, marin pêcheur décédé en mer, et de Marie Dolus, ouvrière à la conserverie Dupuy, a servi pendant cinq ans dans la marine nationale.

— Vous n'êtes pas allé au bout de votre contrat ? s'étonne Pam.

— J'ai toujours eu un peu de mal avec la discipline.

— Étonnant dans la mesure où, d'après la fiche que j'ai sous les yeux, vous militez dans un mouvement où l'ordre paraît être la priorité.

Avant que Me Jensen ait eu le temps de freiner son client, celui-ci se lance dans une diatribe qui lui aurait valu les applaudissements au comptoir de Boyarturf.

— Quand on voit que tout le monde a baissé les bras et qu'on n'est plus maîtres chez nous, il faut bien que des patriotes se lèvent pour rétablir l'ordre. Je suis un patriote monsieur !

— Vous pouvez me dire, enchaîne le major, que ce raisonnement laisse froid, ce que vous arrosiez hier soir, pour craindre un contrôle d'alcoolémie ? D'ailleurs, quand on sent qu'on a trop bu, on rentre au plus vite chez soi. Le pont d'Oléron n'est pas exactement la direction qu'il faut prendre lorsque l'on va de Boyardville à Saint-Denis.

Heureux de ne pas être obligé de mentir en répondant à la première question, l'as du volant trouve une excuse basique pour la seconde.

— J'avais du brouillard dans la tête et c'est à Saint-Pierre que j'ai dû me perdre et prendre la grande route dans le mauvais sens.

Le major joue le jeu du prévenu en prolongeant le raisonnement.

— Après je sais, « la nuit tous les chats sont gris » et vous ne vous êtes rendu compte de votre erreur qu'en apercevant le pont.

Mis en confiance Arthur confirme.

— Effectivement, la vue du pont m'a dessoulé brusquement.

— Et vous avez donné un coup de frein à main comme on le fait tous lorsque l'on souhaite prendre la bonne direction.

— Il faisait nuit, j'étais tout seul, transpire un peu Lefroigner.

— … et les gyrophares vont ont fait penser aux « safety cars » des circuits automobiles, admet l'enquêteur de plus en plus complaisant.

Tombant dans le piège, le prévenu s'apprête à acquiescer lorsque Pam abandonne son ton condescendant.

— Alors, il va falloir m'expliquer pourquoi vous avez abandonné la route directe pour Saint-Denis, cherché à perdre les gendarmes sur les petites routes tortueuses, roulé sans éclairage sur une piste cyclable…

je reconnais que vous n'avez pas joué au stock-car avec le matériel de la gendarmerie, très tendance actuellement. Qu'aviez-vous à vous reprocher monsieur Lefroigner ?

Un blanc suit immédiatement le changement de ton de l'enquêteur qui enfonce le clou.

— J'ai le sentiment que vous cherchiez de toutes vos forces à éviter la conversation que nous avons maintenant, car la réapparition du cadavre de votre ami Dupont change sérieusement la donne.

L'avocat comprend qu'il a une connaissance très superficielle du dossier.

— J'aimerais disposer de quelques minutes pour m'entretenir avec mon client.

Pam sent que son adversaire est déjà dans les cordes et accède à la demande de Me Jensen. Adrien en profite pour féliciter son chef et tous deux mettent au point la suite de l'audition. Le fameux ticket de parking est bien entendu la carte maîtresse. On parlera plus tard de l'inspection de la barque de Dupont.

— Il faut qu'il se sente complètement à la rue, pour balancer son complice, explique le major. Pour le moment on laisse volontairement ce dernier hors du coup. Il ne peut assumer seul l'énormité de l'affaire et cherchera à un moment ou un autre à diluer les responsabilités.

La séance reprend avec un avocat et son client pas franchement gaillards quant à ce qui les attend. Lefroigner n'a pas apporté d'arguments convaincants. Ils s'attendent au pire et ne vont pas être déçus.

— Que faisiez-vous le 14 octobre 2022 à La Rochelle, attaque le major à brûle-pourpoint. Jensen et Lefroigner échangent un regard désolé.

— Des courses, sans doute, répond l'ancien marin sans réfléchir davantage.

— Vous étiez bien propriétaire du véhicule dans lequel nous venons de vous intercepter à cette date ? La carte grise indique qu'il vous appartient depuis quinze ans, mais les remises à jour ne sont pas toujours effectuées.

— Mes papiers sont parfaitement en règle, s'indigne Lefroigner.

— Dans ce cas vous reconnaissez ce ticket de stationnement. Il prouve, une fois encore, que vous êtes un citoyen respectueux des règlementations.

L'homme au Mitsubishi hésite entre deux comportements, tranquillité d'être reconnu comme un honnête citoyen, inquiétude de savoir ce que le gendarme compte faire de ce ticket, présenté dans une enveloppe plastique transparente... comme une pièce à conviction. Jensen examine à son tour le document en songeant intérieurement à une maxime célèbre « petite cause, grands effets ».

— Si j'ai ce ticket en main, c'est qu'il est tombé de votre voiture. Nous étions d'ailleurs surpris de le trouver à cet endroit, jusqu'à ce que nous constations que votre véhicule était une conduite à droite. Mais je vois que je vous inquiète en prolongeant le suspense.

Le major présente alors sa deuxième pièce à conviction. Une berme à la végétation anarchique dans laquelle on aperçoit un morceau de papier. En médaillon, l'agrandissement de la photo sur laquelle apparaît clairement la date du stationnement et l'immatriculation du véhicule.

— Ce cliché a été pris le 29 janvier 2022 par l'adjudant honoraire André Poislier, sur les lieux de l'agression dont a été victime, la veille, le journaliste Antoine Ambien. Selon toutes probabilités, ce ticket est tombé de votre véhicule au moment où vous avez ouvert brusquement la porte pour le faire chuter.

Au fur et à mesure de la démonstration, Lefroigner s'efforce d'afficher une attitude neutre, alors que son avocat s'enfonce peu à peu dans son fauteuil.

— Tenez maître, rien ne nous oblige à le faire, mais voici la déposition de Monsieur Ambien par rapport à cette agression, car je pense que votre client ne vous a pas tout dit.

Pam laisse juste le temps au jeune avocat de comprendre que sa tâche devient un peu plus compliquée. Il s'intéresse.

— Dans quel état est la victime ?

— Vivant et plus combatif que jamais. Pourtant ses agresseurs n'ont rien fait pour lui éviter de passer une nuit dans le froid qui aurait dû lui être fatal. Ça vous vaudra de comparaître pour coups et blessures volontaires, Monsieur Lefroigner, sinon c'était aux assises que l'on se serait retrouvés. Pour meurtre. Mais revenons-en aux faits : le 28 décembre, sur la piste cyclable qui mène de Port du Douhet à Boyardville, dans la forêt des Saumonards, à l'entrée de la route de la Gautrelle, votre pick-up est stationné dans la direction de Boyardville. Lorsque Monsieur Ambien arrive à votre hauteur, à bicyclette, vous ouvrez brusquement votre portière et lui faites faire un écart qui l'envoie au tapis. Il est alors roué de coups par deux agresseurs dont vous, Monsieur, clairement identifié par votre victime en tant que conducteur du véhicule. Pour ces faits je décide votre placement en garde à vue mais je vous informe que la juge d'instruction chargée de l'affaire Dukinanko – vous savez maître, ce malheureux Ukrainien retrouvé mort sur le banc de Lamouroux – souhaite également vous entendre, à propos de relevés effectués avant-hier sur la barque d'Adam Dupont dans le port de Saint-Denis. Vous aurez toute la nuit pour trouver des explications cohérentes à présenter à la magistrate.

XXVIII

Caroline Mallet a tenu à ce que la justice reprenne les choses en mains dans cette affaire où un journaliste, un gendarme en retraite et une brigade locale ont coupé l'herbe sous le pied du service de police judiciaire régional de la gendarmerie. C'est pourquoi, elle a décidé de venir superviser les auditions à Saint-Agnant. Elle a demandé au major De Pasmier de convoquer Antoine Ambien et André Poislier l'après-midi afin d'organiser des confrontations avec Lefroigner et d'éventuels complices dont le marin finira par lâcher les noms, la magistrate n'en doute pas.

Le café du matin est l'occasion d'un briefing, pardon d'une réunion de travail, pour envisager la journée. La juge d'instruction a reçu les comptes rendus de l'audition du premier interpellé et félicité le major pour avoir soigneusement délimité son interrogatoire.

— Vous l'avez placé dans une situation impossible en lui démontrant qu'il ne pouvait pas nier l'évidence. Une nuit plus tard il tentera forcément de partager la charge de la preuve en faisant tomber le passager du camion. À nous ensuite de les mettre en face de leurs responsabilités dans la mort de Dukinanko et la disparition de Dupont. Au fait, messieurs, Dupont a bien été tué avant d'être jeté à l'eau, les vertèbres cervicales broyées, pour une raison qui m'échappe mais que nous espérons réussir à obtenir.

Même si on a eu l'habitude de dormir dans un lieu clos et étroit comme une cabine de bateau, une cellule de garde à vue n'est pas l'endroit idéal pour passer une nuit paisible.

Lefroigner arrive un peu en vrac dans le bureau du major. Ce dernier présente la juge d'instruction au prévenu et à son avocat.

La juge Mallet décide de démarrer l'audition.

— Monsieur Lefroigner, pour quelle raison avez-vous agressé, le 28 décembre 2022, Antoine Ambien qui circulait sur une piste cyclable dans la forêt des Saumonards ?

— Moi, j'ai jamais agressé personne, j'ai juste essayé d'échapper aux gendarmes l'autre nuit parce que j'étais pompette.

— Vous affirmez que votre véhicule n'était pas stationné là où l'a indiqué Monsieur Ambien et que le ticket de stationnement retrouvé sur les lieux – que nous avons eu la chance de récupérer après qu'une photo a révélé son existence – ne vous appartient pas.

— Le ticket, il pouvait venir de n'importe où, avec le vent.

— Et votre véhicule, vous l'aviez prêté ce jour-là ?

— Je connais même pas machin, le journaliste.

— Faux, vous vous êtes croisés au Boyarturf et le regard que vous lui avez jeté, le jour où il cherchait des nouvelles d'Adam Dupont, n'avait rien d'agréable.

— Avec ces journaleux de merde, on croit toujours qu'on est les derniers de la classe.

— Il n'était pas tout seul ce jour-là, Adam Poislier l'accompagnait.

— Dédé l'embrouille, celui-là a pas volé son nom, toujours là pour foutre la merde.

— C'est pour ça qu'avec votre sens de l'ordre, vous avez entrepris de leur régler leur compte, en commençant par le journaliste.

— J'vous dis qu'j'ai rien à voir là-dedans...

— Ni avec l'assassinat de Dukinanko ?

— Ben désolé, dites aussi que c'est moi qu'a jeté la bombe sur Hiroshima, s'esclaffe le marin.

— Je vous parle de Dukinanko parce que les résultats d'analyses que j'ai reçus ce matin sont formels. Vous étiez bien sur le bateau de Dupont, avec le propriétaire, Dukinanko et deux autres personnes en cours d'identification. Je trouve d'ailleurs courageux de votre part de prendre toute la responsabilité de l'affaire sur vos épaules. On n'est plus en correctionnelle Monsieur Lefroigner, on parle d'un meurtre et d'un assassinat. La perspective de prendre perpet' peut refroidir le plus hardi marin d'Oléron. Il serait peut-être temps d'envisager votre affaire avec un peu plus de lucidité et de nous expliquer sérieusement ce que vous cherchiez en vous attaquant à Ambien.

— J'aimerais bien qu'il vienne me dire, les yeux dans les yeux, que j'ai levé la main sur lui.

— Pas seulement la main, vous avez certainement un passif de footballeur refoulé. Mais rassurez-vous, il va pouvoir venir réitérer ses déclarations. Nous l'attendons d'une minute à l'autre.

— Il venait fouiner dans nos affaires. On savait pas qu'il renseignait les gendarmes. Il fallait l'impressionner.

— Vos affaires, c'était cette sortie en mer avec Dupont et Dukinanko ?

— Jamais entendu parler.

Caroline Mallet sent qu'il existe un blocage au niveau du double meurtre et tente d'arriver à la solution en passant par un chemin détourné.

— Votre passager, c'était bien Axel Delafuys ?

La magistrate a pris ce nom au hasard dans la liste des membres de la bande que lui a dressée Dédé.

— Si vous le connaissez j'vois pas pourquoi vous m'le demandez.

Pris de vitesse Me Jensen est décomposé.

— Simple vérification, laisse tomber la juge d'instruction, masquant son air triomphal. Elle rédige immédiatement un billet à l'intention de Pam pour que l'on aille chercher le numéro deux de la bande.

***

Axel Delafuys, 40 ans, ouvrier agricole domicilié à Sauzelle, occupe une loge de gardien d'une propriété de la rue de la Couarde. Il combat sa solitude au comptoir du Boyarturf où l'idéologie xénophobe primaire arrosée des bières qu'on lui offre généreusement a fait de lui un bon petit soldat de la cause.

Les gendarmes le cueillent d'autant plus facilement à son domicile qu'il n'imagine pas un instant qu'on puisse venir lui chercher des poux dans la tête pour quelques claques données à un salopard qui l'avait bien cherché. Un basique l'Axel.

— Axel Delafuys vous êtes en état d'arrestation sur réquisitions du juge d'instruction Mallet pour coups et blessures sur la personne d'Antoine Ambien.

— L'autre torche cul de journaleux ? Il manquerait plus que je le trouve sur l'île.

— En attendant vous allez nous suivre.

Velléitaire, mais pas foncièrement violent, Axel n'oppose aucune résistance à la pose des bracelets et monte dans la voiture des gendarmes.

Lorsqu'il arrive à la gendarmerie de Saint-Agnant, sans avoir desserré les dents pendant le transport, Lefroigner a regagné sa cellule de garde à vue. Après le pensum juridique de rigueur, Delafuys accepte d'être assisté par Me Jensen. Celui-ci affirme néanmoins qu'il abandonnera la défense de ce dernier s'il devait y avoir conflit d'intérêt entre les deux pensionnaires du Boyarturf.

C'est Pam qui pose cette fois les questions après lui avoir résumé ce que la justice sait des faits du 28 décembre 2022 et des déclarations du chauffeur du pick-up, prétendant qu'Axel était son passager.

— On lui a cassé la gueule au fouineur, y'a pas de doute là-dessus. Mais il avait qu'à pas venir nous chercher. C'est comme l'autre qui s'croit encore de la police. Nous, les étrangers, on les aime pas. C'est comme ça. On est chez nous après tout. C'est juste des sources d'emmerdements. Y viennent chez nous pour toucher des aides, vendre de la drogue à nos enfants, ou piquer nos moteurs de bateaux. Et vous voudriez qu'on laisse faire !

— Vous connaissez Arthur Lefroigner ?

— Si je connais Arthur ! Vous venez de me dire qu'on était ensemble dans le camion. Lui non plus c'est pas un gars à baisser son froc devant les étrangers. Un vrai patriote Arthur.

L'avocat de permanence se demande ce qu'il fait là. Chaque phrase de son client complique encore un peu plus sa tâche. Il tente d'intervenir, mais Caroline Mallet lui rappelle qu'à ce stade son rôle est juste de vérifier que l'audition est conforme au code de procédure pénale.

Pam s'autorise une deuxième question.

— Quand avez-vous vu Adam Dupont pour la dernière fois ?

— Adam qui ?

— Adam Dupont, habitué comme vous du Boyarturf, un endroit où vous avez vos habitudes puisque Antoine Ambien vous y a rencontré à deux reprises.

— Vous devez confondre avec quelqu'un d'autre. Et puis les Dupont c'est pas ce qui manque… y jouait pas au rugby votre Dupont ? ricane l'ouvrier agricole.

***

À Bourcefranc, Dédé a rejoint Antoine chez Maryse. L'hôtesse leur offre un café avant qu'ils ne reprennent la route.

— Pas de refus, apprécie Dédé, le vent est rien moins que glacé ce matin. Manquerait plus qu'il gèle !

Pendant qu'il se réchauffe les mains sur sa tasse, Antoine affranchit Dédé sur les dernières nouvelles de Saint-Agnan.

— Le dénommé Alexis s'est mis à table. Dans son délire xénophobe, il a parlé au Major des étrangers qui volaient des moteurs. Ça te dit quelque chose ?

— Il y a eu une épidémie de vols voici deux ans, des Bulgares s'étaient fait prendre…

Réflexe journalistique, Antoine pianote vols de moteurs sur son ordinateur et retrouve illico la condamnation de trois étrangers qui n'étaient pas Bulgares mais Polonais, pour vingt et un vols de moteurs devant le tribunal de La Rochelle.

— Ils ont écopé trois ans de prison et, comme ils étaient déjà en taule à Cherbourg pour des actes similaires, ils ne sont sans doute pas encore dehors.

Antoine retrouve une autre archive de voitures électriques volées pour transporter deux autres moteurs, mais cette fois c'était bien des Bulgares. Et puis, dans la locale d'Oléron un article relatif à un comité de vigilance attire son œil, article illustré.

— Tiens regarde, réagit André. Le gros Dupont trône au milieu des fachos du Boyarturf.

Là c'est Adam, « le gros ». À sa droite tu dois reconnaître Lefroigner et puis, à moitié masqué par ses potes, Alexis. Les deux autres sont Arnaud Claude et Adolphe Miaciewick. Le premier attend la retraite avec plus d'impatience que n'importe qui et surveille les « métèques » avec « Miac » qui a oublié que son grand-père avait été aussi mal accueilli que les étrangers de la nouvelle génération, « oui mais nous on venait pour travailler… »

— En parcourant le papier en diagonale, le journaliste s'arrête sur une info. Dans les compétences des fachos, le correspondant local énumère : la surveillance des ports d'Oléron, rapport aux vols de moteurs.

— Ah les cons, écume Antoine. Tu te souviens des dessins que nous a montrés Mylia ? Si ça se trouve Dupont et sa bande de connards l'ont pris pour un voleur en repérage.

— Pas très discret comme repérage, apprécie Dédé.

— Non, mais il suffit que nos fins limiers le croisent dans plusieurs ports pour que leur cerveau bas de plafond fasse une fixette sur ce type qui ne parle pas français.

***

Lorsqu'il arrive à la gendarmerie de Saint-Agnant, Antoine fait part de sa découverte au major. Dédé complète avec les curriculums des matelots de Dupont. Des éléments que Pam décide d'exploiter auprès d'Axel lorsqu'il reprend l'audition.

— Connaissez-vous Arnaud Claude et Adolphe Miaciewick ?

— Jamais entendu parler…

— C'est une mauvaise réponse, regardez plutôt ce cliché.

— De mauvaise grâce Arthur se penche vers la photo que le major agrandit sur son écran.

— Ici c'est Dupont, là Lefroigner, vous êtes ici, les deux autres sont ici et là. Ça ne vous dit toujours rien ?

— Maintenant que vous me le dites…

— Ah, vous voyez, avec une photo c'est plus simple. Vous avez une idée du jour où vous les avez vus pour la dernière fois ?

— …

— Au Boyarturf au hasard, risque Pam l'air de rien.

— Dupont n'y vient plus depuis un bon moment, eux…

— Ce n'est pas le jour où vous avez interpellé l'espion qui regardait d'un peu trop près les bateaux dans le port de Saint-Denis ?

Arthur ne s'attendait pas à un Scud de cet ordre. L'effet est dévastateur.

— Ben j'vois pas pourquoi vous dites ça !

— Tenez, je vais vous rafraîchir la mémoire. Ça s'est passé le 13 décembre de l'année dernière. Je n'ai pas l'heure exacte, mais dans la matinée à coup sûr. Vous y étiez ?

— Je les ai vus partir sur le bateau d'Adam, mais j'étais pas avec eux puisque j'ai le mal de mer.

— Qui y avait-il avec eux alors ?

— Ben Adam, Arthur et puis Néron et Miac puisque c'est le comité de vigilance qui intervenait.

— Néron c'est le surnom de Claude ? Je vois qu'on a le culte de l'antiquité chez vous et Miac pour Miaciewick ?

— Je connais pas leur vrai nom.

— Et bien nous y voilà. Le mieux c'est de réunir tout ce petit monde pour avoir le fin mot de l'histoire.

Déconfit, Alexis ne réalise pas encore qu'il vient de livrer les clés aux enquêteurs.

Bas de plafond peut-être, idiot utile à coup sûr.

XXIX

C'était couru. Les interventions successives de la gendarmerie ont mis la puce à l'oreille des extrémistes. Les « bleus » décident de tenter leur chance au Boyarturf, lieu de repli des amis de Dupont et Cormarin. Bingo, le marin est présent, comme le descendant polonais. Tous deux se laissent interpeller sans résistance, même si certains consommateurs, un peu plus velléitaires estiment que la force publique devrait servir à combattre l'immigration rampante plutôt que de poursuivre les bons patriotes, traduction libre de « chiens de garde du pouvoir, à la solde des métèques ».

L'heure n'est toutefois pas à l'analyse de textes et le cortège quitte l'établissement sans relever d'infractions supplémentaires. Seules les bourrasques pluvieuses s'opposent à une progression tranquille du convoi.

À Saint-Aignan, les quatre gardés à vue et leurs escortes emplissent tous les bureaux de la brigade. Caroline Mallet et Pam vont se partager les auditions des deux nouveaux arrivants.

Pam se retrouve face à face avec Arnaud Claude qui estime qu'il n'a besoin ni d'avocat ni de médecin.

— J'ai un métier, moi monsieur, et la marée n'attend pas qu'un baveux quelconque me fasse perdre mon temps. Qu'est-ce que vous me voulez ?

Pam lui résume les épisodes précédents, insistant bien entendu sur sa mise en cause par Arthur dans la sortie en mer du 13 décembre.

— Y'a des moments, Major, où on regrette que la pilule n'ait pas été mise en vente un peu plus tôt. Non mais vous croyez pas qu'à douze jours de Noël, j'avais pas aut' chose à faire que de me promener avec trois clampins !

— Vous oubliez l'espion étranger. Son sang se trouve dans le bateau de Dupont.

— Il a bien pu se blesser en essayant d'entrer sous la bâche…

— … sans doute, mais pourquoi retrouve-t-on vos empreintes au milieu des taches de sang ?

Arnaud Claude perd peu à peu son assurance au milieu du flot de questions de Pam, épaulé par Adrien. Ce dernier joue le rôle de deuxième lame, derrière son patron. Il se fait réexpliquer des choses qu'il a évidemment fort bien comprises, mais qui obligent Claude a reformuler son alibi.

— Vous savez Monsieur Claude, les grandes surfaces sont toutes équipées de caméras de surveillance. Le 13 décembre vous êtes forcément passé devant l'une d'entre elles et, en prenant le temps qu'il faut, on vous identifiera et vous serez mis hors de cause. Donnez-nous à peu près l'heure de votre passage et la façon dont vous étiez habillé, ça nous fera gagner du temps. En revanche si vous essayez de nous « mener en bateau » à votre tour, on en tiendra aussi compte. Alors, saisie des bandes d'enregistrement ou confirmation de ce que nous a dit Alex ? Dans le premier cas je vous renvoie méditer en cellule, le temps d'entendre votre coéquipier.

Du côté de Caroline Mallet les choses avancent un peu plus vite. Elle a fait raconter par Adolphe Miaciewick l'histoire de ses grands-parents, s'étonnant que celui-ci ne se soit intéressé ni à la culture ni à sa langue maternelle.

— Mes parents sont nés en France parce que le pays de mes grands-parents n'avait pas les moyens de nourrir ses enfants. Pourquoi voulez-vous que je m'intéresse à des traîne-misère que l'Europe engraisse depuis une trentaine d'années. J'ai même failli changer de nom pour prendre celui de ma femme, oléronaise de souche.

— Vous n'avez donc rien compris à ce que vous racontait Dukinanko ?

— Non.

Le piège s'est refermé sur Adolphe qui comprend immédiatement la supériorité de la magistrate.

— Bien joué, c'est vrai, on était ensemble sur le bateau.

— Arthur, Adam, Arnaud, Alex et vous ?

— Non pas Alex, il a le mal de mer. En revanche c'était lui qui avait convoqué le comité de vigilance ce matin-là, pour interpeller un suspect.

— Mais, interpeller, c'est le rôle de la justice, aucun vol n'avait été commis ?

— Évidemment s'il faut attendre qu'une vingtaine de bateaux soient pillés… Nous on est adeptes du tir de semonce.

— Tir mortel, semble-t-il…

— Non, nous on est pour rien dans la mort du Bulgare ou du Roumain enfin de l'autre voleur.

— Si vous avez des choses à me raconter, réplique la juge d'instruction, je vais avoir besoin de vous faire assister d'un avocat.

Me Jensen est une nouvelle fois mis à contribution. Après avoir rencontré Miaciewick, il préfère prendre contact avec son cabinet pour qu'un confrère vienne prendre en charge l'un des interpellés lorsqu'on passera à l'analyse des faits.

La juge d'instruction en informe Adolphe Miaciewick et lui demande de raconter ce qui s'est passé. Un récit corroboré par Arnaud Claude puis, avec beaucoup plus de difficulté par Arthur Lefroigner.

Toujours est-il que vers 18h30 Caroline Mallet, Alceste de Pasmier, Adrien Lesable, Antoine Ambien et André Poislier se retrouvent dans le bureau de Pam, pas beaucoup plus avancés qu'au début de la journée. Le planton de la brigade ne leur laisse pas le temps de respirer.

— Les cars des chaînes d'information s'accumulent sur le parking. Ils vont bientôt bloquer la circulation. Vous avez l'intention de leur parler Madame ?

La juge d'instruction décide d'affronter caméras, micros et flashs, à condition que le major soit à ses côtés.

Les conditions atmosphériques n'ont guère changé depuis le début de l'après-midi et c'est sous des parapluies galamment portés par des gendarmes que Pam et la magistrate apparaissent dans les lueurs des projecteurs leds, devant les caméras de télé.

Le portail bas barrant l'accès à la gendarmerie est resté fermé afin d'éviter que la meute encercle la juge d'instruction et son directeur d'enquête. Caroline démarre sans attendre que chacun ait trouvé place, l'inconfort exige l'urgence.

— Mesdames et messieurs. Les éléments recueillis auprès de quatre personnes de sexe masculin interrogées depuis hier pour le premier interpellé et aujourd'hui pour les trois autres, ne nous permettent pas d'affirmer que les meurtriers du « Crucifié d'Oléron » sont identifiés.

Un « Ah » désappointé parcourt l'assistance.

Je veux d'abord remercier le major De Pasmier et ses hommes pour le travail réalisé. Remercier également votre confrère Antoine Ambien qui a tenté, à ses risques et périls d'apporter à Madame Dukinanko, les réponses qu'elle était en droit d'attendre, sans jamais sortir de son rôle, mais faisant profiter l'enquête de ses découvertes.

Voici ce que nous avons appris.

Le 13 décembre 2022 vers 10 h, Anton Dukinanko est agressé sur un quai du port de Saint-Denis, par cinq hommes qui le conduisent, à demi inconscient, sur le bateau d'Adam Dupont. Quatre des assaillants montent à bord en compagnie de leur victime.

Ils ont la conviction que l'homme fait du repérage pour des voleurs de moteurs qui ont opéré à plusieurs reprises sur le littoral de l'Atlantique, en Charente Maritime en particulier. Ils récupèrent le plus souvent de puissants moteurs hors-bord qui sont expédiés dans différents pays de l'est de l'Europe. Malheureusement pour le commando et surtout pour leur victime qu'ils envisageaient, toujours selon les déclarations des uns et des autres, de débarquer sur l'île Madame après « lui avoir donné une bonne leçon » et confisqué son téléphone, Dukinanko ne parle pas un mot de français. Pour eux, il s'agit d'un Bulgare, membre d'une bande qui opère depuis cinq ou six ans en France. Il garderait le silence parce que la mafia pour laquelle il travaille s'occupera de le faire libérer. Leur victime tentait simplement de leur expliquer qu'il ne comprenait pas ce qu'on lui demandait, en leur montant ses croquis de bateaux. Dans le civil, ce dernier travaillait pour le bureau d'études de Brig, célèbre constructeur ukrainien de bateaux semi-rigides.

L'embarcation a descendu la plus grande partie de la côte et se trouve au large de Fort Boyard lorsque, selon les dires des membres du commando, un deuxième semi-rigide vient à leur hauteur.

Deux hommes en tenue d'hommes grenouilles se trouvent à bord, armés de Kalachnikov, Dupont tente de rester maître de son embarcation. Malgré son gabarit imposant, le chef du comité de vigilance ne pèse pas très lourd face à un nageur de combat qui parvient à prendre le bateau d'assaut et passer une clef au cou de l'ancien agent immobilier. Les vertèbres cervicales craquent, entraînant un décès sans doute immédiat. Pendant ce temps les trois survivants, armés de rames tentent de faire face à leurs adversaires, décidés à vendre chèrement leur peau. Personne ne s'occupe de la dépouille de Dupont passé par-dessus bord et le pont du bateau devient le ring d'une lutte à mort. À coups de rames les trois hommes essayent de résister, mais les deux nageurs de combat n'ont même pas besoin d'utiliser leurs armes pour s'imposer.

Dukinanko commence tout juste à reprendre conscience. Il comprend que son temps est compté en apercevant les gueules de deux mitraillettes pointées sur lui.

Le bateau continue de dériver et vient s'échouer le long du parc à huîtres de Lamouroux où la montée des eaux n'a pas totalement recouvert les tables. Selon leurs dires, les trois crétins, sous la menace des armes arriment leur victime avec les liens qui servent habituellement à maintenir les poches d'huîtres. Pour faire un exemple à notre avis. Parce qu'on ne leur a pas laissé le choix, affirment-ils. Ce qu'ils ne savent pas, c'est si Dukinanko, sauvagement frappé à coups de crosses par les deux autres, est encore vivant, ce qui laisse en suspens pour le moment la mise en examen pour actes de barbarie.

Le plus vieux des deux nageurs s'exprimait en français avec un fort accent slave d'après ce que nous avons compris. L'embarcation des assaillants aurait pris, elle aussi, la direction de l'île lorsque la marée a recouvert le corps.

Lorsque la juge d'instruction a terminé son exposé, les questions pleuvent, au diapason de la météo qui ne se calme toujours pas. Dans la cohue, Caroline attrape.

– Pourquoi le corps d'Adam Dupont n'a-t-il été retrouvé que vingt-trois jours après les faits ?

– Parce que personne n'avait signalé sa disparition. Lorsqu'il est passé par-dessus bord le face à face a duré suffisamment longtemps pour que le corps parte au fil de l'eau. Arthur, Alex et Adolphe affirment n'avoir eu la vie sauve qu'en échange de leur silence. Actuellement, nous avons enregistré les explications des trois hommes dont l'un, associé au prévenu resté sur le quai de Saint-Denis, sera également poursuivi pour l'agression du journaliste Antoine Ambien, le 28 décembre dans la forêt des Saumonards. De nouvelles auditions permettront de savoir si l'on peut exclure la responsabilité des uns et des autres dans le meurtre de l'Ukrainien.

– Selon leurs dires, ils ont dû jurer de garder le silence sur ces deux meurtres sous peine de mort. On leur a ordonné de rentrer à Saint-Denis. Personne n'a assisté à ce retour. En bâchant le pont du bateau de la façon dont le faisait habituellement Dupont, ils jetaient un voile sur le crime. Les poissons de l'estuaire devaient être leurs meilleurs alliés pour faire disparaître le corps. Malheureusement pour eux, on n'a toujours pas décidé de détruire l'ancien embarcadère d'Oléron.

La magistrate aimerait que l'échange s'arrête là. Malheureusement une question tombe sur un sujet qui touche plus à l'interprétation qu'aux faits en eux-mêmes.

— Quels éléments avez-vous pour valider une possible intervention extérieure au groupe ?

— C'est un groupuscule d'extrême droite qui a décidé de faire régner son ordre sur la côte, par l'intimidation, mais qui ne paraît pas capable d'aller jusqu'au crime. Le fait que Dukinanko ne puisse pas communiquer est un élément qui peut expliquer les violences. Des violences sans doute, mais un meurtre ? Et puis le décès de Dupont interroge.

— Comment avez-vous identifié ses assaillants ?

— Sans l'agression d'Antoine Ambien, il aurait sans doute été très difficile de retrouver les agresseurs, mais sans les techniciens en identité criminelle de la gendarmerie, on aurait eu beaucoup de mal à leur présenter des preuves les obligeant à s'expliquer sur le meurtre de Dukinanko et la disparition d'Adam Dupont.

— Quel pourcentage de crédibilité donnez-vous à leurs explications ?

— Il nous faut encore fouiller dans la personnalité du « crucifié » pour savoir si ce meurtre est lié à la guerre qui oppose son pays à la Russie.

— Des agents russes pourraient agir sur le sol français ?

— Vous n'êtes pas suffisamment naïf pour penser que le conflit s'arrête à la frontière de l'Ukraine. Si les quatre mis en cause disent vrai, l'affaire ne relève plus de la section de recherche de la gendarmerie mais de la DGSI que je vais saisir dès que les recoupements permettront de conforter cette éventualité. En tout cas, les hypothétiques hommes grenouilles semblent avoir été particulièrement persuasifs pour obtenir leur collaboration… et leur silence.

Les explications de Caroline vont donner bonne conscience aux journalistes de la presse locale « *Ouf, ce ne sont pas des gens de chez nous qui ont eu l'idée de ce crime machiavélique* ». Pour les autres, les perspectives sont alléchantes, surtout si l'on ne retrouve pas les hommes grenouilles. Les images d'Antoine Ambien n'ont pas fini d'illustrer les enquêtes qui refont l'enquête en deuxième partie de soirée des chaînes de télé.

Les journalistes détestent que les meurtriers ne soient pas à la hauteur de leur crime.

XXX

Le retour à Bourcefranc dépasse tout ce qu'Antoine avait imaginé. Non seulement Maryse a préparé une table de fête pour célébrer les champions de l'investigation, mais elle a également invité Mylia et aussi Alain et son épouse. Bien entendu la télé sur laquelle le dénouement de l'affaire tourne en boucle sert de fond sonore à la réception.

L'hôtesse se jette au cou de son héros et lui murmure à l'oreille « Je suis tellement heureuse pour toi, même si je sais que notre histoire va s'achever là. » Antoine prend aussi Mylia dans ses bras. Elle fond en larmes en le remerciant. La poignée de main avec l'ostréiculteur est rude, mais chaleureuse, le journaliste, emporté par la liesse générale claque la bise à Janine qui a retrouvé le sourire entrevu la veille de Noël. Un moment déstabilisé, Dédé reprend vite le dessus et s'offre à son tour une série d'accolades avec les trois femmes de l'assemblée.

Antoine tempère l'enthousiasme de ses supporteurs. Sans doute, le fait que ses agresseurs soient hors d'état de nuire est-il un succès. Cependant, on ne sait toujours pas exactement qui a tué Anton. Une incertitude qui pèse évidemment sur la sécurité de l'Ukrainienne et de sa famille.

Malgré les coups de téléphone des médias qui sollicitent son commentaire et l'invitent à des plateaux télés ou radio, Antoine parvient à faire honneur aux petits plats préparés par Maryse et le colombard, encore une fois de la fête, rosit les joues des dames. Le journaliste, comme l'ancien gendarme, s'abandonne à ce lâcher-prise qui n'a jamais aussi bien mérité son nom.

Mylia lui annonce qu'elle va pouvoir récupérer le corps de son mari et recevoir une aide de la France pour le rapatrier en Ukraine. Elle a décidé de rentrer au pays vivre près de son Anton. La France restera pour elle le pays où sa vie s'est brisée. Le journaliste ne peut que s'incliner face à cette douleur.

Dédé et les ostréiculteurs prennent congé à leur tour laissant Antoine et son hôtesse en tête à tête pour une drôle de fin de soirée.

Maryse est plutôt du genre à voir le verre à moitié plein et balaie le spleen en entraînant l'homme qui a illuminé sa fin d'année vers sa chambre. À la fin de leurs ébats, elle plaque une main autoritaire sur la bouche de son amant au moment où il s'apprête à énoncer des promesses qu'il ne pourra pas tenir.

***

Le lendemain matin, au moment où Antoine rassemble ses affaires en prévision d'un départ pour Paris où l'attendent quelques rendez-vous professionnels, le solo de Charly Parker confirme sur son téléphone que les affaires reprennent. Ce n'est pas le genre de Pam de téléphoner pour lui souhaiter un bon retour à Paris. Il doit donc avoir quelque chose de plus important à lui dire.

— Bonjour Antoine, bien réveillé après la fête d'hier soir ? Évidemment, que je suis au courant, Maryse m'avait demandé de donner le top départ quand tu quitterais Saint-Agnant. Elle ne se faisait aucune illusion sur l'éventualité que tu l'appelles pour lui dire quand tu serais de retour. Mais je n'appelle pas pour entendre tes remerciements. Figure-toi que ton enquête a eu des effets secondaires.

— …

— Elle nous a permis de repérer celui qui dirigeait le réseau des voleurs de moteurs. On n'avait pas réussi à le coincer lors de l'arrestation des Polonais, mais cette fois on le tient. Un peu grâce à toi encore une fois.

— Arrête de tourner autour du pot. Je suis mort d'impatience.

— Eh bien voilà. Lorsque tu as commencé à t'intéresser au quartier général des fachos, Caroline Mallet m'a demandé de surveiller de près le nid de guêpes du Boyarturf. J'ai alors eu l'autorisation de mettre sur écoute notre ami Cormarin. Les collègues chargés des écoutes en ont entendu des vertes et des pas mûres car nos camarades fachos peinent à rester politiquement corrects en public, mais en privé… Bref ils ont fini par isoler des échanges avec des individus extérieurs au département. Des messages codés dans lesquels il était question de bigadins. Normal me diras-tu pour un établissement où l'on joue aux courses. Astucieux assurément, sauf que là, plus question de paris, mais de commandes. Les chevaux en question étaient ceux des moteurs marine dont avaient besoin les interlocuteurs du bienheureux Alexis. Et comme ce dernier connaissait, et pour cause, les activités de ses amis du comité de vigilance, il pouvait diriger ses équipes de voleurs dans des ports où ils opéraient en toute quiétude.

— Ça veut dire que Cormarin était au courant de la traque de Dukinanko et qu'il a laissé Dupont et sa bande l'exécuter sans lever le p'tit doigt en sachant très bien qu'il n'était pas dans le coup. Du coup tu tapes ?

— Pas tout de suite. Maintenant qu'on l'a sous les radars on va voir si on peut identifier ses clients.

— Il m'écœure encore plus que les connards qu'on vient de coffrer pour le meurtre de Dukinanko.

— Depuis que le monde est monde, les marionnettes prennent plus cher que ceux qui tirent les ficelles… Ah oui, une dernière info. Des éléments recueillis sur les rames ont parlé. Un ADN existe dans les dossiers, il correspond à un meurtre non élucidé en Allemagne.

Épilogue

Moscou, le 24 mai 2023

La douceur du printemps baigne enfin la ville, débarrassée des reliefs de l'hiver. Les arbres ont retrouvé leurs feuilles, les premières fleurs apparaissent dans les quelques massifs qui bordent les larges avenues et les lourds vêtements de pluie laissent place à des tenues plus colorées. La vie revient.

Dmitri Miltine a tout juste le temps d'apprécier ce réveil en escaladant les marches du métro qui lui permettent de retrouver la rue Bolchaïa Loubianka. Il a face à lui la façade de l'énorme bâtiment néobaroque. Les Moscovites passent devant la Loubianka avec un serrement au cœur. Le KGB y a œuvré sans états d'âme pendant l'ère soviétique et le FSB qui lui a succédé ne brille pas non plus par son humanité. Quand on connaît le parcours du chef de l'État russe, on ne peut pas être vraiment surpris.

Haut gradé des services secrets, Dmitri arrive apaisé à son bureau. Les « nuits blanches » offrent aux citadins russes des moments de défoulement, il y a communié, sans forcer sur « l'étoile rouge » cette vodka que l'on boit dans la rue et qui crée cette camaraderie alcoolique des trottoirs.

Alexandre Bezverkhy, le chef du contre-espionnage militaire, lui a communiqué une information positive. Elle gomme l'appréhension qui l'étreignait depuis plusieurs mois en se rendant à son bureau.

Contrairement à la thèse officielle, l'« opération spéciale » piétinait aux portes de Kiev et l'énorme embouteillage de chars provoquait, après la sidération de l'attaque éclair, les commentaires goguenards des occidentaux. Une réalité qui a incité, un an auparavant, l'entourage du président à demander des comptes aux services de renseignements et, d'étage en étage, on a ouvert le parapluie. Le service de l'organisation et du personnel a fini par passer sur le gril. Evgueni Lovyrev, son patron, lui a demandé un rapport sur le réseau d'agents ukrainiens que le FSB entretient chez les traîtres-à-la-mère-patrie-russe-qui-refusent-de-se-laisser-envahir, comme c'est la règle depuis la glorieuse époque des cosaques.

Dans la salle de réunion, face à la trentaine de dignitaires installés autour des tables dressées en carré, Evgueni Lovyrev a introduit brièvement le sujet de la réunion et passé la patate chaude à Dmitri Miltine « responsable de notre réseau ukrainien ».

D'un rapport soigneusement présenté, le malheureux a tenté de tirer les explications à l'insuffisance des renseignements permettant de mener à bien en quelques semaines l'opération spéciale. Il insiste en particulier sur un point.

« Jusqu'en 2014, nos agents, ne sortaient pas du rôle qui perdurait depuis la période soviétique. Agents de surveillance ils alertaient les autorités sur tous risques de schismes. Ils ont parfaitement joué leur rôle en 2004, lors de ce qu'on appelle, en occident, la révolution orange. Depuis le retour de la Crimée au sein de la Russie, l'attitude des Ukrainiens a changé et, malgré la générosité de nos défraiements, ils s'accrochent à leur pseudo patriotisme… attendant à mon avis de voir où le vent tourne, et font les morts. Plus grave, certains pleutres ont fui leur pays. Dans la plupart des cas, c'est anecdotique et nous pouvons même espérer leur mettre la main dessus lorsqu'ils seront intégrés en occident. D'autres, au contraire, détiennent des renseignements qui pourraient nous nuire si les services ennemis parviennent à les "retourner". Je pense qu'il est nécessaire que l'on s'interroge sur la façon d'éviter que ces informations fuitent. »

Pas mécontent d'être arrivé au terme de son opération déminage, Dmitri laisse libre cours à la discussion et reçoit comme une bénédiction l'ordre de son patron.

« Dmitri, vous voudrez bien communiquer au service du contre-espionnage militaire d'Alexandre Bezverkhy la liste des agents à risque pour qu'il procède au traitement nécessaire. »

Le dossier qu'il trouve sur son bureau lui confirme que les agents d'Alexandre Bezverkhy ont identifié et neutralisé, fin 2022, un ancien informateur ukrainien. Le compte-rendu de l'opération et son surprenant bouquet final, rejoignent le dossier ouvert au nom d'Anton Dukinanko.

Dmitri classe le dossier et met une croix en face du dernier nom de sa liste, avec un sourire satisfait.

Châteauroux le 31 décembre 2023

Remerciements

Merci tout d'abord à Alain Horseau, l'ostréiculteur qui m'a conduit, un beau jour de décembre, il y a bien longtemps, sur le banc de l'Amouroux.

À l'USEP grâce a qui j'ai découvert et sillonné Oléron avec mes pelotons d'écoliers.

À Laurent Vieillefond et à son équipe de techniciens en identification criminelle de la caserne Charlier qui permettent à cette enquête d'être presque vraie.

À Josée Hamain, première lectrice d'un manuscrit brut de décoffrage, pour le débroussaillage orthographique.

À Christian Pineau correcteur émérite et vrai ami qui a bien mérité sa bouteille de colombar… avec un d Christian !

Merci à Gilles et à l'équipe de La Bouinotte, qui ont inventé un auteur voici dix ans et continuent de lui faire confiance.

Chez le même éditeur

L'ENQUÊTE
CHARENTAISE
un village en pleine déconfiture
La Cramaillotte
AGNÈS DAUREL
ALEXANDRA COLLARD
ÉDITIONS LA BOUINOTTE
ESTRAN NOIR

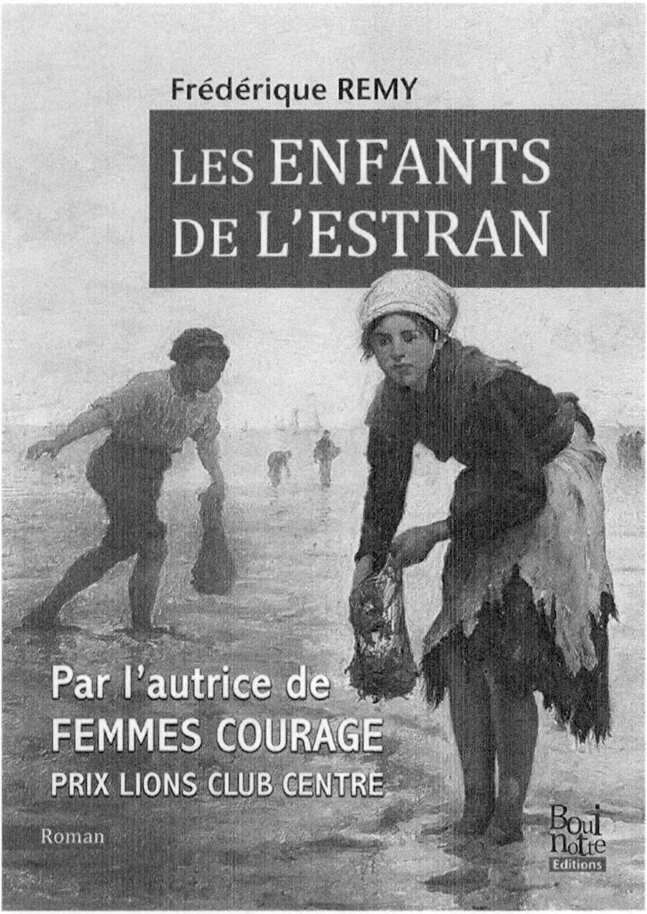
Frédérique REMY
LES ENFANTS
DE L'ESTRAN
Par l'autrice de
FEMMES COURAGE
PRIX LIONS CLUB CENTRE
Roman
Editions

Jeanine BERDUCAT
Les évadés de l'ÎLE DE RÉ
Roman
Boul notte
Editions

çiçliç

Avec le soutien de Ciclic - Région Centre-Val de Loire

Les éditions La Bouinotte bénéficient du soutien
de la Région Centre-Val de Loire,
de l'État (DRAC Centre-Val de Loire) et de Ciclic

Bouinotte
Editions

36 000 Châteauroux – www.labouinotte.fr
Achevé d'imprimer sur les presses de Présence Graphique
(Indre-et-Loire)
Dépôt légal : mai 2024
Deuxième impression : juillet 2024